오늘도 속으로만 욕했습니다

내향인 기자의 불순한 회사 생활

오늘도 속으로만 욕했습니다

내향인 기자의 불순한 회사 생활

초판 1쇄 인쇄 2022년 12월 1일
초판 1쇄 발행 2022년 12월 12일

지은이 강병조

책임 편집 윤소연 일러스트 아찔(ARTZZIL)
마케팅 임동건 마케팅 지원 안보라 경영 지원 이지원

펴낸이 최익성 출판 총괄 송준기
펴낸곳 파지트 출판 등록 제2021-000049호 제작 지원 플랜비디자인

주소 경기도 화성시 동탄원천로 354-28
전화 070-7672-1001 팩스 02-2179-8994 이메일 pazit.book@gmail.com

ISBN 979-11-92381-29-9 03810

오늘도 속으로만 욕했습니다

내향인 기자의 불순한 회사 생활

P:AZIT

이 책의 본문은 '을유1945' 서체를 사용했습니다.

프롤로그

나는 내향인이다. 어릴 적 화장실 간다는 말을 못해 바지에 수십 번 실례를 하며 자랐다. 다행히 성인이 되고 나름의 대처법이 생겼다. '내향인'처럼 보이지 않는 스킬이었다. 덕분에 모르는 사람과 적당히 말을 섞고, 가식적인 웃음을 빙그레 지어보일 수 있게 됐다. 물론 화장실도 때맞춰 가고.

하지만 기자가 되고 전부 물거품이 됐다. 젠장, 기자란 직업은 모르는 사람에게 말을 거는 것뿐 아니라, 내가 원하는 정보를 빼내야 하는 고급 대화 스킬을 요했다. 마냥 웃기만 했다가는 불쾌한 취재원에게 "내가 지금 웃겨?" 라고 핀잔을 들어야 했다.

내향적 성격을 극복하지 못한 나는 언제나 실력 없는

기자였다. 회사에서는 내 분투와 상관없이 결과만 보고 까였다. 외향인 기자가 열 사람을 만나 열한 개의 취잿거리를 물고 온 반면, 나는 겨우 아는 사람의 아는 사람을 만나면서도 빈손이었으니, 당연한 결과겠지만.

하지만 살아남아야 했다. 기자로서 진실을 쫓겠다는 거창한 이유는 아니었다. 그저 배운 게 도둑질이라고, 대학에서 국문과를 전공하고 운 좋게 중앙지 인턴까지 했으니, 나란 놈을 받아주는 직장이 언론사밖에 없었다. 죽으나 사나 여기서 버텨야 했다.

이 책에 실린 글들은 그 생존을 위한 피와 땀의 기록이다. 적성에도 안 맞는 기자 생활을 하던 내향인의 눈물겨운 휴먼 스토리다. 고로 주제, 교훈, 보람 따윈 없고 찌질, 소심, 유치, 후회 같은 자질구레한 것들로 가득하다. 뭐, 사실 기자로서 딱히 내세울 만한 게 없기도 하다. 내가 손석희나 주진우처럼 세상을 뒤흔들 만한 특종을 한 적이 없으니까. 그리고 끝내 기자를 관뒀으니까.

아무튼, 내가 하고 싶은 이야기는 별거 없다. 외향인 세계에서 살아 남아야 하는 내향인들이여. 부디 이 소심하고 찌질한 놈의 이야기를 보고 '아, 내가 그래도 이 놈 보단 낫다'며 위로와 위안을 얻길 바란다. 또 외향인들은(어차피 이해도 못하겠지만), '세상엔 정말 별놈의 새끼가 다 있다'며 포켓몬빵의 띠부띠부씰을 모으듯, 나를 다양한 인간 스펙트럼의 하나로 수집해 가면 좋겠다.

이 책을 내며 감사 인사를 전할 사람, 아니 감사를 전하지 않으면 삐질 사람들이 있다. 가장 먼저 내 여자 친구 수진이. 그녀가 내 글을 보며 '개찌질하다'고 말해 준 덕분에 책을 잘 쓰고 있구나, 깨달았다. 평생 이 은혜를 잊지 않겠다. 이 책의 인세가 나오거든 절반은 너의 것이다. 사랑한다. 그러니 이제 내 프로포즈를 받아달라. 또 파지트 윤소연 편집자에게도 감사하다. 책 쓰는 동안 많이 다퉜다. 이 책이 별로라면 다 그의 책임이다. 농담이다. 정말 고맙다. 끝으로 엄마, 아빠, 형, 형수님, 귀여운 조카에게도 감사 인사를 전한다.

목차

인상이 참 좋으시네요

혹시 기자를 믿습니까?

'김훈 병'과 운전면허

소설가 김훈. 작가에게도 순위를 매길 수 있다면, 내 기준 부동의 1위. 미안하지만 유시민, 김영하, 김애란이 와도 못 이겨. 나는 김훈의 책을 읽을 때마다 내 이름을 '강훈'이라고 개명하고 싶었다(성까지 갈고 싶지만, 조상님에게 못 할 짓이라…). 그의 담담하면서 날카로운 문체도 문체지만 글에 녹아난 사유의 깊이가 엄청났다. 짱이었다. 그의 짧은 문장 하나가 내가 싸지르는 수백 문장보다 몇백 배 힘이 셌다.

기자들 사이엔 '김훈 병'이라고 불리는 병이 있다. 기사를 쓸 때 단문을 고집하며 저 홀로 세상 달관한 척, 그럴 듯하게만 쓴 글을 가리킨다. 기사 내용과 취지와는 아무 상관이 없다. 표현의 용례는 '저거, 저거 김훈 병 걸렸구만'.

나도 꽤 오랫동안 김훈 병 환자였다. 그를 따라 한답시고 필사까지 해봤지만 괜한 수고였다. 종이 낭비, 잉크 낭비, 체력 낭비였다. 김훈은 김훈이고, 찌랭이는 찌랭이였다.

하지만 내게도 그와 닮은 구석이 있긴 하다. 어느 인터뷰 기사를 읽다 발견한 그와 나의 접점. 바로 '그 나이 먹도록' 운전면허가 없다는 것이었다. 기사에 따르면 김훈은 이제껏 운전면허가 없을뿐더러, 따려는 시도조차 하지 않았다고 한다. 기계라는 걸 다루는 게 자신과 맞지 않으며, 만질 때마다 고장 내는 '마이너스의 손'이라는 이유였다.

나도 비슷했다. 내 손에 닿는 기계는 줄줄이 세상을 떠났다. 그 쉬운 탁상시계 건전지 교체조차 제대로 못 했다. 갈다가 시계를 통째로 부숴 먹기 일쑤였다. 그동안 내 손에 사라진 수많은 기계들에게 죄책감마저 있다. 아빠가 90년대 거금을 들여 구입한 산요 오디오에 제일 미안하다. 오디오 생애 제대로 된 음악 한 번 흘려보내지 못하고, 고장난 채 집 장식품으로 있다 사라졌다.

그 핑계로 나도 운전면허가 없었다. 남들 다 딴다는 수능 끝난 고3 때도 별생각이 없었다. 학교까지 찾아온 운전면허 학원 알바들의 유혹에도 흔들리지 않았다. 정말 김훈 작가를 따라 한 것이기도 했지만, 이제껏 대중교통을 타도 아무 문제가 없었기 때문이었다. 20대 초반 서울살이를 하는 동안에는 더더욱 그랬다. 서울 도심의 교통 상황은 언제나 답답하고 짜증났다. 차들은 참고 견뎌야만 겨우 한 발짝 움직일 수 있었다. 고통과 인내가 이 도시의 정체성 같았다. 그곳에서 내 동선은 성북구 삼선동 2가 반경 3km 이내. 더 멀리 간다 치더라도 지하철, 버스면 충분했다.

그러나 기자를 준비하면서부턴 상황이 달라졌다. 면접관들은 여백이 가득한 내 이력서를 보면서 "운전면허도 없네요?"라고 물었다. 대개는 질문보다 잔소리에 가까웠다. 기자는 기동력이 생명인데 운전도 못 한다는 게 말이 되냐, 급하게 취재 현장에 가야 한다면 어떻게 하겠냐 등. 수많은 질문이 꼬리에 꼬리를 물었다. 그들은 내 역량 따위에는 신경 쓰지 않았다. 나는 면접 내내 인사청문회에 온 듯, '운전면허 미취득'에 관해 해명하고 또 해명해야 했다.

그들의 말은 한마디로 줄일 수 있었다. '사회생활의 기본이 안 돼 있다는 것.' 나란 놈은 그 첫 관문에서부터 입장 불가였다. 억울하고 분했다. 기본이라는 건 누가 정했는데, 정말 면허만 있으면 기자를 잘하겠다고 생각하나, 요즘엔 스마트폰으로 언제 어디서든 택시 호출이 가능한 세상이라고, 따지고 싶었지만 그건 나를 어서 빨리 떨어뜨려 달라는 행위일 뿐. 실제로는 입 밖으로 꺼내지 못했다.

하다 하다 김훈 작가의 이름을 면접장에서 꺼낸 적도 있다. "면접관 님, 김훈 작가도 운전을 못 하는데…." 참고로 김훈은 오랫동안 기자 생활을 했다. 운전면허도 없이! 나처럼 사회생활 기본도 없이! 그런데 왜 그는 되고 나는 안 되나! 아, 맞다. 나는 김훈처럼 글을 못 쓰지…. 면접관들에겐 씨알도 안 먹히는 소리였다. 도리어 잔소리만 더 들었다.

그런 연유로, 치사하고 더러워서, 결국 땄다. 스물여덟의 나이에, 수동은 절대 안 될 것 같으니 2종 보통 오토매틱 기어로. 운전학원은 왜 꼭 도시 외곽에 있는지, 운전을 배우기도 전에 버스를 타고 가다 지쳤다. 그렇게 힘들게 가봤자 뭐 하나. 강사들은 내가 나이 먹고 왔다고 대충대충 설렁설렁 가르쳤다.

나의 첫 운전 선생님이었던 50대 강사가 그랬다. 운

전석 문 여는 것부터 처음인데, 다짜고짜 키를 던지며 차를 빼 오라고 시켰다. "저기… 저, 차 키를 처음 만지는데요?" 내가 똥 마려운 강아지처럼 차바퀴 주변만 뱅뱅 돌고 있자 강사가 말했다. "아, 자기. 면허 취소돼서 새로 따는 거 아니었어? 그 나이 먹도록 뭐 했어. 면허도 안 따고." 하, 강사님. 혹시 김훈이라고 들어 봤어요? 김훈은 기자 생활하면서도 운전면허가 없었…. 소용없었다. 강사님은 김훈을 몰랐다.

결국 불친절한 강사 대신 유튜브 선생님께 강습을 들었다. 합격은 역시 인터넷 강의였다. 공식을 외우기만 했는데 면허를 손에 쥐었다. 바보도 아니고, 액셀을 밟으면 가고 브레이크를 밟으면 멈추는데 괜히 쫄았다고 생각했다. 도로 주행 시험에서 한 번 떨어지긴 했다. 조작 미숙 때문은 아니었다. 오히려 초보답지 않게 대범했던 탓. 30km 제한 도로에서 50km를 밟았다. 속도위반이었다.

면허를 따고 기계에 대한 자신감마저 생겼다. 가만있는 차가 슬슬 앞으로 기어가는 원리는 여전히 이해가 안 되지만, 뭐, 브레이크를 밟으면 되니까. 상관없었다. 그 어렵다는 주차도 껌. 사이드미러 보고 슈슈슉, 샤샥. 핸들을 열심히 돌리면 끝이었다. 나, 그때만큼은 기계치가 아니라 카레이서 재능이 있는 것 같다고 착각했었다.

문제는 실전 주행이었다. 이건 뭐, 정글이었다. 말끝마다 이 새끼, 저 새끼 튀어나오는 건 약과였다. 티라노사우루스가 연약한 초식 동물들을 잡아먹던 약육강식의 세계가 그대로 보존돼 있었다. 난 이제 막 초보 딱지를 뗀 귀욤 귀욤 2015년산 중고 모닝 차주. 그들에게는 토실토실 살이 오른 좋은 먹잇감이었다. 거의 모든 차들은 내가 조금만 느리게 간다 싶으면 내 후미에 바짝 달라붙었다. '브레이크 밟으면 너, 뒤진다?'라는 뜻이었다. 그것도 충분치 않다 싶으면 내 앞으로 치고 나가더니 급 끼어들기 시전. 놀라서 크락션을 빵 눌러도 소용없었다. '그러게 빨리 달리라니까, 이 루저 새끼야'라는 뜻이었다. 극악무도했다. 놈들은 나를 추월하고 곧장 달려 나가지도 않았다. 천천히, 여유롭게 한참 동안 내 앞에서 얼쩡거렸다. 잔인한 티라노 새끼들.

면허를 따고 6개월. 세상에서 들을 수 있는 모든 종류의 욕들을 다 들었다. 차마 입에 담지 못할 말들이었다. 그 뜻을 헤아리기 어려워, 인터넷에 검색해 보고야 그게 욕인 줄 알았다. 대한민국 운전자 수만큼 욕의 종류가 다양하다는 걸 그때 처음 알았다. 나중엔 창문에 가로막혀 소리가 들리지 않았음에도, 그들의 입 모양을 보고 욕이 들리는 경지에 이르렀다. 야 이, X발 어쩌고저쩌고 새끼야.

다행히 시간이 지나며 내 주행 능력은 일취월장했다. 억울하고 분통하지만, 욕설의 성취 효과를 몸소 증명해냈다. 티라노들의 공격이 현저히 줄어들었다. 나의 모닝은 벤츠, BMW, 포르쉐 가릴 것 없이 깡충, 끼어들고 내뺐다. 너무 급했다 싶으면 비상 깜빡이로 깜찍하게 윙크도 날리면서. 왠지 모를 감격, 뿌듯함. 이 맛에 운전하는 거 아닙니까?

얼마 전에는 꽤 큰 사고가 났다. 아니, 당했다는 게 맞겠다. 내 잘못은 아니었다. 컴컴한 밤에 고속도로를 한참 달리고 있는데, 저 멀리 비상등이 깜박이는 게 보였다. 워낙 어두워 시야 확보가 잘 안 됐다. 앞차가 속도를 줄인 건지, 멈춰 선 건지 상황 파악이 안 됐다. 나는 속도를 줄이지 않고 그대로 냅다 달렸다. 뒤늦게 정차된 차를 확인하고 브레이크를 밟았다. 끼이이이이이이이익— 앞차와의 거리가 급속도로 좁아지며 손 한 뼘이나 될락말락한 간격을 두고 겨우 멈춰 섰다. 정말, 정말 위험했다.

휴. 겨땀, 등땀, 이마땀 등 몸의 모든 땀구멍에서 땀이 쏟아졌다. 그것도 잠시, 한숨을 돌리고 옆 차선으로 빠져나가려는 찰나, 쿵, 쿵! 내 뒤에 달려오던 차가 그만 속도를 줄이지 못하고 나를 때려 받았다. 그리고 그 힘으로 내 모닝은 그 앞차를 박았다. 3중 추돌사고였다. 맨 뒤 차량 과실 100. 앞의 두 차 0.

다행히 어느 운전자도 크게 다치지 않았다. 하지만 내 멘탈이 문제였다. 나는 심각한 후유증을 겪었다. 사고 후 며칠간은 운전대만 잡아도 몸이 굳어지고 식은땀이 났다. 머릿속에서 사고 장면이 끊임없이 리플레이됐다. 내가 앞차와 간격을 더 벌려 정지하거나, 여유 있게 피하는 장면들도 떠올랐지만, 10번 중 9번은 쿵, 쿵! 굉음을 내며 사고가 났다.

이제야 운전이 쉽다고 생각했는데, 사고가 난 뒤 또다시 가장 어려운 일이 됐다. 아니 가장 하기 싫은 일이 됐다. 운전의 세계를 탈출하고 싶어졌다. 그래서인지 요즘 들어 부쩍 김훈 작가를 떠올린다. 선생처럼 운전을 안 하고 살 수 있다는 것은 얼마나 큰 축복인가. 괜히 그의 책

『자전거 여행』을 몇 번씩 들었다, 놓는다. 나는 이렇게 또 김훈 병에 걸려 버렸다.

트리플 A형

어릴 적부터 나는 트리플 A형이었다. 내향적 인간들 중에서도 단연 내향적이었다. 초등학교 시절 당장이라도 검고 누런 것들이 터져 나올 것 같은 상황에서도 선생님에게 화장실 간다는 말을 못 했다. 덕분에 자주, 그것들을 나의 하얀 무지 팬티의 얼룩덜룩한 무늬로 새겨 넣곤 했다. 성인이 되며 다행히 대부분의 기억을 셀프 상실했다. 그러나 몇몇 굵직굵직한 것들은 여전히 잊히지 않는다.

기자에게 내향적인 성격은 분명 치명적인 단점이다. 이렇게 확실하게 말할 수 있는 건 순전히 내 경험담이라서다. 일단 취재를 위해 전화를 거는 것조차 두렵고 떨린다. 생면부지 모르는 사람과 목소리를 섞는 게 어쩐지 몸을 섞는 것처럼 부끄럽고 민망하다. 정말 죽을 맛이다.

전화를 걸 때뿐 아니라 받을 때도 마찬가지다. 까만 액정이 흰색으로 빛나며 낯선 번호가 뜨면, 휴대폰의 진동이 내 가슴까지 윙윙 전해져 왔다. 그 순간 내가 할 수 있는 일이라곤 고작 '끊어라, 끊어라' 하며 잘못 걸려 온 전화이길 바라는 것뿐이다. 전화를 받는 순간은 정말이지 안 받으면 안 될 때다. 선배들의 '취재 지시' 전화를 받지 않아, 회사에 복귀하면 뒤지게 욕먹을 것 같을 때다. 물론 그것도 가능하면 최대한 미루고 미루다, 심호흡을 한 100번쯤 하고 받는다.

그나마 연차가 쌓이며 내 나름의 노하우가 생겼다. 우선 전화 취재를 할 땐, 상대방과의 대화를 상상하며 거의 모든 시나리오를 미리 만들어 둔다. 머릿속뿐 아니라 실제로 노트북 메모장에 대사를 적어두고 통화한다. 귀찮다고 대화의 주제나 키워드만 써놓는 것은 절대 금물. "안녕하세요, 강병조 기자입니다"로 시작해 "감사합니다"라는 마무리 멘트까지, 토씨 하나 빼놓지 않고 써둬야 한다. 그래야 상대 측에서 기자가 지금 떨고 있다는 사실을 눈치채지 못한다. 최대한 자연스럽고 당당해 보이는 게 포인트다. 그래야 갈등이 첨예한 기사를 쓸 때도 취재원과의 기 싸움에서 밀리지 않을 수 있다.

이렇게까지 했는데도 떨린다면, 또 하나의 비책이 있다. 남들이 보기에 이상해 보일 수도 있는데, 효과는 대본을 써두는 것보다 쉽고 빠르다. 방법은 간단하다. 통화할 때 스피커에서 귀를 약간 떼는 것. 귓가에 소곤댄다는 느낌이 들면 딱 맞다. 상대방의 목소리가 생생하게 들리지 않아, 두려움이 절반쯤은 줄어든다. 작게 들리는 목소리에 그도 나처럼 수줍고 부끄럼 많은 내향인으로 느껴진다. 이 방법의 주의할 점이라면 역시 스피커를 너무 뗐다간 최소한의 의사소통이 불가능할 수 있다는 점. 귀와 스피커 사이 적절한 거리 유지가 필수다.

다음은 현장 취재다. 전화 취재는 차라리 행복했다. 나는 기자란 직업만 아니었으면, 모르는 사람에게 말을 건다는 것 자체가 말이 안 된다고 생각하는 편이다. 갑자기 지나다니는 사람한테 말을 건다고? 왜? 도대체 내가 왜 그래야 하지? 나 같은 극내향인에게 그건 폭력이다. '아웃사이더'를 취재하러 간 어느 대학교에선, 벤치에 앉아 있는 학생에게 말 걸다 정말 맞을 뻔했다니까?

현장 취재는 처음 보는 사람에게, 목소리뿐 아니라

내 얼굴과 표정, 몸짓까지 노출된다. 통화 때처럼 대본을 준비해도 손을 비비고, 다리를 떠는 모습을 보이면 취재원들은 금방 알아챈다. 이거, 아직 초짜구만.

그래도 사람 죽으란 법 없다고, 다 방법은 있다. 무작정 덤벼들어 지르고 보는 정공법은 아니고, 조금 찬찬히 돌아가면 된다. 자, 그럼 이건 또 결국 어떻게 해내느냐. 현장에 있는 다른 기자를 철저히 이용한다. 내가 먼저 말을 걸 수 없다면, 최소한 그들 틈에 수줍게 섞여 들어 기다리면 된다. 그들이 인터뷰할 때 슬금슬금 다가가 내 질문도 몇 번 껴들어 던지면 된다. 어차피 거절당하는 것도, 쓸 만한 멘트를 줄 사람을 찾아내는 것도 그들이다. 내가 가져야 할 것은 남의 밥상에 숟가락 얹을 뻔뻔함 또는 그 부끄러움을 견디는 인내심이다. 타사 기자들의 경계, 보안이 심할 때가 있긴 하다. 그럴 땐 '시민 강 모 씨'가 되어 서성이다 몰래 엿듣고 오면 된다. 너무 비겁한가.

내가 이런 이야기를 하면 주변 사람들이 묻는다. 그럼 기자는 왜 했어요. 그렇게 소심하다면서 굳이 성격에도 안 맞는 기자를 하는 이유는 뭔가요. 처음엔 나도 왜 했나 싶었다. 음, 제가 어릴 적부터 글쓰기를 좀 좋아했는데,

시인이 되고 싶었지만 재능은 없고, 그렇다고 다른 직종으로 취업하자니 글 쓴 것 말고는 스펙이… 이렇게 주저리주저리 떠들어댔다. 그러면 그들은 '아, 글쓰기를 좋아해서!'라며 쉽게 생각하고 말았다. 치, 사실 별로 궁금하지도 않았으면서.

얼마 전부턴 내 대답을 바꿨다. 글쓰기고 뭐고 다 필요 없고, "세상에 널리고 널린 게 기자인데, 저 같은 성격도 뭘" 하고 말해 버린다. 신기한 건 내 말을 들은 그들의 반응이다. 나의 이 무례하고도 무성의한 답변에 고개를 연신 끄덕인다는 거다. 그 말이 대체 무슨 뜻이냐고, 기자는 정말 아무나 할 수 있냐고 더 묻지도 따지지도 않았다. 내 말을 전부 다 이해한 표정이었다. '기레기, 기레기'라더니 사람들은 이제 기자란 직업을 하찮고 사소하게 여기는 걸까. 미안하지만, 내 대답엔 얼마간의 진실이 담겨 있는데.

내 뜻은, 그러니까 적어도 내게 기자는, 내향적 인간이 해도 생각보다 역량을 발휘할 수 있었다. 앞서 말한 전화, 현장 취재에선 생난리 브루스를 추긴 하지만, 어떨 땐 홀로 진득하게 앉아 자료와 데이터를 봐야 진실에 가장

근접할 수 있었다. 행정기관에 정보공개 청구도 하고, 수많은 통계 수치를 일일이 대조해 가며, 찾은 진실들이 있었다. 사실, 내향적인 성격은 기자의 조건에 있어 아주 사소한 것일지도 모른다.

꼴라가 되고 깨달은 것들

술술술. 술타령하는 놈은 본래 아니었는데, 어쩌다 쥐꼬리만 한 월급 삼분의 일을 술값으로 쓰고, 한번 마셨다 하면 어김없이 변기를 붙들고 있으며, 그럼에도 그날 저녁 퇴근길 횟집 간판을 보고 '키야~' 소리를 내며 입맛을 쩝쩝 다시고 있나. 술은 왜 나를 붙들고 있는가. 아니, 왜 나는 술을 놓지 못하는가.

내가 술을 본격적으로 마셔댄 건, 그러니까 즐기게 된 역사는 사실 그리 길지 않다. 오랫동안 술은 나와 다른 세계의 산물이었다. 독실한 기독교 가정에서 태어난 이의 숙명이랄까. 내게 주도를 가르쳤어야 아버지는 무려, 가문 내 1대 신앙인이었다. 할아버지에게 쌍욕을 먹으면서도 제사를 지내지 않았고, 돈 없어 죽겠다는 엄마의 타박에도 매달 십일조를 거른 적이 없었다. 온전히 그 피를 물려받은 우리 형은 신학대를 졸업해 전도사가 됐다. 어릴 적 술 한잔 따라보라는(마시라는 것도 아닌데) 어느 아저씨의 말에 눈물을 뚝뚝 흘리던 형의 모습은 아직도 잊히지 않는다. 흡사 순교자의 눈물이었다. 이런 집안 분위기 속에서, '모태 신앙'이라는 신성한 꼬리표를 달고 있는 내가 술을 마시는 건 감히 상상도 못 할 일이었다. 그것은 거의 반역에 가까웠다.

당연히 대학에 갈 때까지 술맛은커녕 술 근처에도 얼씬거리지 못했다. 그러나 대학이란 어떤 곳인가. 젊음과 자유의 전당이었다. 초중고, 정규교육 12년 동안 억눌렸던 청춘들의 대환장 파티였다. 그리고 그 중심엔 우리가 사랑하고 존경해 마지않는 주(酒)님이 계셨다. 술이었다. 나는 대학에서도 기독교 동아리 활동을 하며 가풍을 이어받는 듯했으나, 한낱 연약한 인간에 불과했다. 악마 같은, 아니 천사 같은 동기들의 손길, 술의 유혹을 뿌리칠 수 없었다.

돈이 있으면 있는 대로 과일에 양주를 깠고, 없으면 없는 대로 새우깡에 소주를 깠다. 대개는 돈이 없었기에,

노상 술판을 자주 벌였다. 그러다 학교 뒤 공원에서 동아리 회장과 만난 적이 있다. 알다시피 나는 명색이 기독교 동아리원. 회장은 성경책을 들고 이 공원에 기도하러 온, 동아리 정관상 4학년 2학기까지 연애 금지라는 철칙을 지키던, 진정한 성자였다.

나는 그때 누구보다 해맑고 귀엽게 '당근'을 외치며 술 게임을 하고 있었다. 그것도 남자 동기들끼리. 내가 당근 셋을 말할 차례였다. 당근, 당근, 그리고 마지막 환희의 표정으로 당근! 외칠 때 마주친 회장님. 그 당시 동기의 얼굴과 이름은 잘 기억나지 않는다. 하지만 그 민망하고 뻘쭘했던 상황은 아직도 생생히 떠오른다. 길 잃은 양을 바라보는 회장님의 싸늘한 눈빛…. 오 주여, 이 불쌍한 영혼을 용서하소서.

대학 시절 마신 술은 단언컨대 허세였다. 그 나이대 청년들이 그렇듯 스스로 어른 됨을 자축하고, 이성의 사랑을 독차지하려는 구애 활동과 비슷했다. 허세 중의 제일은 술 허세라고 할 정도로 그 시절 우리들의 술자리는 '한잔만?'으로 시작해 '흐안잔만 더어~'로 끝났다. 소주, 맥주, 막걸리, 와인 등 각양각색의 술들은 그 허세를 위한 인류의 노력 끝에 얻은 결과물인지 몰랐다.

돈 없는 대학생들에게 술은 그런 맛이었다. 술자리 동기들을 모조리 제압하고 홀로 살아남았을 때의 쾌감, 취해도 잔소리하지 않는, 심지어 국가적으로 면책 특권이 부여된 것만 같은 기분. 다음 날 아무것도 기억 못 한 채, 내 쓰라린 위와 텅 빈 지갑들만 알아주겠지만, 수천만 원의 학자금 대출과 진로에 대한 막연한 고민뿐이었지만, 그럼에도 '김치찌개에 머리를 감던 수많은 너'를 놀려대는 맛은 그 시절에만 즐길 수 있는 술맛이었다.

나는 대부분 술자리에서 승자였다. 딱 한 번의 대형 실수가 있었는데, 군대 가기 며칠 전이었다. 중고등학교 동창들과의 술자리였다. 보통 같으면 약간의 취기가 올랐을 때(소변을 보며 화장실 벽에 머리를 찧는 단계) 술잔을 내려놓았을 텐데, 유독 그날은 술이 술을 불렀다. 입대 후 더 이상 술을 못 마실 것이라는 아쉬움도 있었지만, 문제는 녀석들이었다. 녀석들과는 성인이 되고 나눈 첫 주담이었다. 나는 놈들의 어마어마한 주량을 몰랐다. 그저 그들을 따라 술술술 마셔댔다. 셋이서 소주 5병, 6병, 7병… 영롱한 청록색 병이 쌓여 갔다. 그리고 그날 나는 집으로 가는 택시 안에서 액션 영화 한 편을 찍었다.

택시를 타자마자 급토가 올라왔다. 안주로 먹었던 해산물이, 퉁퉁 불은 밥들이 입술을 비집고 나오는 게 느껴졌다. 이대로 가다간 대참사가 날 게 분명했다. 일촉즉발의 상황이었다. 기사님께 차를 세워 달라고 했지만, 그새를 못 참고 토는 터져 나왔다. 달리는 택시 문을 열고, 바닥에 좌르르르륵. 그러니까 나는 서울 어느 번화가 도로 한복판에서 토를 뿌리며 달리고 있었다. 키아누 리브스 주연의 영화 <스피드>의 한 장면처럼, 상반신은 아스팔트 바닥에 맞닿아 있었다. 주변의 거의 모든 사람이 도로의 처참한 상황과 내 얼굴을 번갈아 쳐다봤다. 그것은 지난날 기독교 동아리 회장의 눈빛에 비할 바가 아니었다. 스마트폰이 보편화되지 않던 시절이라 다행이었다. 요즘이라면 그야말로 유튜브 떡상각. '좋아요' 대신 기사님에게 육두문자를 들었다. 죄송하다고 죄송하다고, 토 냄새를 풍기며 사과를 드렸다. 며칠 뒤 나는 군대로 도망쳤다.

그때의 충격 때문인지 복학해서는 술이 안 당겼다. 신입생 시절의 일탈이라고 치부한 채 술과는 담을 쌓게 됐다. 가끔 술이 생각나면 맥주 한 캔으로 충분했다. 소주,

된소리로 발음해야 제맛인 쏘주는 입에도 안 댔다. 알코올 냄새가 풀풀 나는 이 투명한 액체를 입에 넣는 게 고역이었다. 술잔을 짠 부딪치는 행위는 고통과 희생의 세리머니라고 생각했다. 사무라이들이 전쟁에 앞서 짐승의 피를 나눠 마셨던 것처럼, 대단한 결의를 가지고 억지로 삼켜야 하는 일이었다.

취업하고도 마찬가지였다. 회식에선 어쩔 수 없이 마셔야 했지만, 단연코 즐기며 마시진 않았다. 오히려 일부러 술 싫어하는 티를 팍팍 냈다. 술 먹기 전이나 후에 말이 없는, 재미없는 후배 컨셉이었다. 회사 선배들도 내게 몇 번 술을 사먹이더니 더 이상 나를 부르지 않았다. 저 새끼 완전 노잼이라며, 술값이 아깝다나 뭐라나.

어찌 됐든 상관없었다. 회사 사람들과 술은 안 마시면 안 마실수록 좋았다. 특히 선배들과의 술자리가 좋을 리 없었다. 초일류 슈퍼 스타트업 기업만이 가능한, 수평적 문화 따윈 없었으니까. 회식 자리에서 나는 삼겹살집 주인이 돼 고기가 타지 않도록 예의주시했으며, 센스 있는 바텐더가 돼 선배들의 술잔이 빌 때마다 채워줘야 했다.

여담이지만 내가 체득한 몇 가지 회식자리 노하우를

알려 주겠다. 빈 잔은 언제, 어느 타이밍에 채우는가. 정답은 없다. 다만 잔이 비면, 바로 채우는 편이 기다렸다 채우는 것보다 백번 낫다. "뭘 이렇게 빨리 마셔?" "술 잘 마시나 보네, 술 먹고 싶었니?" 등 반응은 참을 만하다. 그 반대의 경우는 듣기도 싫다. "술잔 비었는데, 센스 없네 이 새끼" "하여튼 요새 놈들은 기합이 빠져가지고" 이런 말을 들으면 자존감이 팍팍 깎인다. 그러니 과할 정도로 빨리 채워 준다는 느낌으로 타이밍을 맞추자. 선배가 빨리 취해 귀가 시간이 앞당겨진다는 장점도 있다.

요즘 회사에선 내 상황이 조금 달라졌다. 연차가 쌓이며 많지는 않지만 후배들이 생겼다. 이들과의 술자리는 정말이지 신세계였다. 내가 주도권을 가지고 말하는 것은 물론이고, 지갑 사정 외에 누구의 눈치도 보지 않고 술을 마셨다. 아니 즐겼다.

그들의 리액션은 엄청났다. 대학 때처럼 허세를 부릴 필요가 없었다. 허세란 건 내 부족함을 감추고 싶을 때 하는 것이다. 나에겐 립서비스로 하와이까지 비행기를 태워줄 수 있는 후배님들이 계셨다. 그들의 사탕발림은 그대로 술에 녹아들어 달달한 맛으로 내 혀를 적셨다.

물론 얇아진 지갑을 볼 때마다 가슴을 졸였다. 술고래 같은 후배를 만나면 일주일간 라면만 먹어야 한다는 소리가 과장이 아니었다. 하지만 <아침마당> 어머님들 뺨치는 그 리액션이란, 너무나 중독성이 강했다. 나는 퇴근길 습관적으로 후배들의 연락처를 뒤적였다. 남의 피를 빨아 젊음을 유지하는 뱀파이어처럼 나는 후배들의 시간을 빨아 회사라는 지옥에서 생존하고 있는 것이었다. 아, 이래서 선배들이 제 돈을 쓰며 후배들과 술을 마시는구나, 칼퇴 대신 회식을 선호하는 것이구나, 깨달았다.

술은 같은 종류라도 맛이 천차만별이다. 소주는 무색무취 액체에 불과하지만 어떤 자리에서, 누굴 만나느냐에 따라 맛이 달라진다. 학교 공원에 앉아 가방에서 주섬주섬 꺼내 마시던 소주, 회식 자리에서 취하지 않으려 허벅지를 꼬집으며 마시던 소주, 카드값 걱정에도 후배들이 따라주면 좋다고 마시던 소주, 그 모든 술맛은 극과 극이었다. 알코올이라는 약품이 아닌, 그 시간 자체가 술맛이라고 해도 과언이 아니었다. 그러니까 좋은 술맛도 사실 별거 없다는 거. 좋은 사람과 좋은 시간에 마시면 된다는 거. 이 자명한 사실을 수십 번의 꽐라가 되고 나서야 깨달았다.

앞으로 어떤 이들과 술을 마시게 될까 기대된다. 분명 지금까지와는 또 다른 맛일 거다. 그게 궁금해서라도 술을 끊을 생각은 아직 없다. 더 마셔야겠다. 그래도 술자리는 이왕이면 너도나도 즐겁고 행복하길, 누군가 김치찌개에 머리를 박거든 모른 척 살포시 들어주길, 도로 한복판에 토를 싸질러도 그저 가던 길 가시길. 끝으로 선배들은 앞으로 후배들에게 먼저 연락하지 말길, 아니 몰래 계산만 하고 홀연히 사라지길 진심으로 바란다.

기자를 믿습니까

전날 밤부터 가슴이 떨려 왔다. 만나면 무슨 말 먼저 해야 할까. 쿨하게 용건부터 이야기할까. 아니야, 여긴 지방이야. 트렌드가 다를 수 있어. 낯선 인간에 부담을 느낄 수 있다고. 그럼 가볍게 인사를 건네고 자기소개를 할까. 음. 그러다 본론을 꺼내기도 전에 거절당하면 어쩌지.

고민에 고민을 거듭했다. 머릿속으로 이런저런 시뮬레이션을 돌렸다. 거절이라는 최악의 상황만을 피하기 위해 내 입에서 나오는 모든 말을 미리 준비했다. 가상의 상대를 상상하고 멘트를 넣었다, 뺐다. 무엇보다 중요한 건 자연스럽고 능숙한 톤 앤 매너. 덤으로 신뢰감 있는 외모가 필수였다. 나는 오대오 가르마를 단정하게 넘기고, 목소리를 낮고 굵게 깔았다. 이로써 모든 준비는 끝났다. 자, 가자!

그렇게 도착한 곳은 나의 첫 소개팅 장소, 였다면 좋았으련만. 불행히도 그곳은 취재 현장이었다. 나는 1년간 편집부 생활을 마치고 취재부로 넘어왔다. 이제껏 기사 쓰기에 대한 제대로 된 교육을 받은 적이 없었다. 기삿거리를 어디서, 어떻게 찾아야 하는지도 알지 못했다. 시민들을 만나 멘트를 따오라는 선배들의 간단한 지시조차 힘에 부쳤다. 낯선 사람에게 말을 걸고, 자연스럽게 대화를 하는 법을 몰랐다.

지금의 나는, 그저 회사 안에 있기 눈치가 보여, 일단 길거리에 뛰쳐나온 것이었다. 취재원과 약속을 잡은 것도, 갈 곳을 정해둔 것도 아니었다. 운이 좋으면 시민들과 대화를 나누고 기삿거리까지 찾을 생각이었다. 소개팅이었다면 상대 카톡 프로필을 미리 훔쳐보고, 이름도 구글에 몇 번 검색해 볼 텐데. 내겐 알아볼 상대가 없었다. 맨땅의 헤딩이었다. 낯선 사람에게 말을 걸고, 즉각적으로 주제를 정해 스몰토크로 이어가야 했다. 이름 석 자 중 최소한 '성', 가능하다면 주소지 읍면동까지 알아내야 했다. 예를 들면 '강 모 씨(서울시 성북구)는 불라불라' 그래야 기사의 신뢰도가 생긴다고들 했다.

마침 점심시간이었다. 활짝 문이 열린 중국집이 눈에 띄었다. 냅다 뛰쳐 들어갔다. 빈 테이블을 닦고 있던 사장님에게 물었다. "요즘 경기가 어떤가요?" 화색이 돌던 사장님의 표정이 순식간에 일그러졌다. 요즘 말하기 힘들 정도로 어렵다는 말일까. 사장님은 못 들은 척 다시 테이블을 닦았다. 나는 포기하지 않고 재차 물었다. "요즘 많이 힘드세요? 저는 기자…" 그제야 사장님의 시선이 내게로 향했다. "바빠 죽겠는데, 뭐요." 아니, 노려봤다. 짜장면이라도 하나 시키고, 물어볼걸 그랬나. 우물쭈물하고 있는 내게 사장님은 손님 아니거든 말 걸지 말라고 역정을 냈다. 나는 가게를 쫓겨나다시피 나왔다.

바로 옆 부동산에 들어갔다. 다행히 사장님은 바빠 보이지 않았다. 미간을 찌푸리긴 했지만 뉴스를 보고 계셨다. 테이블에도 신문이 몇 부 놓여 있었다. 다행이었다. 시사에 관심이 많으신 분이었다. 이번엔 전략을 바꿔 내 신분부터 밝혔다. "저는 기자인데요. 혹시 잠깐 시간이…" 하지만 말이 채 끝나기도 전에 사장님은 깊은 한숨을 내쉬었다. "기자 안 믿어요." 용건을 듣지도 않으셨다. 혹시 옆집 중국집 대화 소리가 들렸던가. 아니면, 이전에 기자에게 크게 당하셨나. 어쨌든 나는 또 인터뷰를 거절 당했다.

동네 인심이 흉흉했다. 그렇다고 길 가던 사람 붙잡고, 말을 붙일 순 없었다. 이미 몇 차례 시도해 봤다. 그들은 더 가혹했다. 음식물 쓰레기 보듯 나를 쳐다봤다. 그냥 말 좀 나누자는 건데, 사람들의 인정이 메마른 게 분명했다. 땡볕 아래 길거리를 돌고 돌아도 말 걸어볼 만한 사람이 보이지 않았다. 다들 눈빛이, 표정이 매서웠다. 대낮에 하릴없이 시내를 돌아다니는 건 나뿐이었다.

사람들은 안녕하세요, 인사조차 받아주지 않았다. 외국에선 모르는 사람과의 가벼운 인사가 자연스러운 일인데, 너무하다 싶었다. 나중에 기회가 된다면 대한민국의 '폐쇄적인 문화'에 대해 기사를 써야겠다고 메모했다.

나는 계속된 거절에 지쳐 근처 공원에 눌러 앉았다. 편의점에서 파는 아이스 커피를 마시며 잠시 머리를 식히기로 했다. 회사 단톡방에는 실시간으로 취재 보고가 올라와 있었다. '현재 취재 중입니다' '오늘 기사로 쓸 수 있을 것 같습니다'. 나만 빼고 전부 다 희망찬 카톡들이었다. 마음이 조급해졌다. 한가롭게 커피를 마시고 있을 상황이 아니었다. 공원에서 '프리 토킹' 피켓을 들고, "저와 대화 나누실 분을 찾습니다"라고 소리 지르거나, 최소한 손에 든 얼음 컵을 머리에 쏟고 '아이스 버킷 챌린지'라고 떠들며 옆 사람을 지목해야 했다. 사람들이 나를 미친놈이라고 볼지언정, 말을 걸 수 있는 명분이 생길 것 같았다. 혼자 멀뚱멀뚱 있는 것보단 더 생산적일 것 같았다.

어쩌지, 어쩌지. 초조함과 불안함에 휩싸여 있을 때, 누군가 내 어깨를 두드렸다. "저기요." 드디어. 마침내. 내게도 기회가 온 것이었다. 이 거리를 방황하다, 지쳐 앉은 내가 불쌍해 보였나. 아니면 날 당근마켓 하러 온 사람이라고 착각했나. 아무래도 상관없었다. 대화를 위한 아주 작은 문이 열리기만 한다면.

나는 즉각 고개를 돌려 그녀를 쳐다봤다. 30~40대쯤으로 보이는 여성이었다. 가늘게 뜬 눈으로 나를 향해 웃고 있었다. 너무나도 따뜻한 표정이었다. 당근도 아니었다. 그렇다면, 지금 그녀는 내게 진심으로 말을 걸고 싶었던 것. 나는 오늘 하루 이 순간만을 기다렸다. 전날 밤부터 머릿속으로 수만 번 시뮬레이션을 돌렸다. 자, 침착하고 프로답게 질문을 하자.

"얼굴에 복이 많으세요."

"네?"

하지만 그녀는 나보다 먼저 말을 꺼냈다. 설마.

"아니, 아까부터 쭉 봤는데 운이 좋은 상이세요."

아, 어쩌면. 나는 모든 걸 이해했다. 길거리를 배회하던 내게 희망의 빛을 선사한 그녀. 그녀는 '도믿걸'이었다. 내가 말을 걸 때마다 나를 흘기던 사람들의 눈빛이 떠올랐다. 그들의 눈에는 나 또한 그녀의 모습과 크게 다르지 않았을 테니.

그걸 아는지, 모르는지 그녀는 "잠시 커피 한잔하시죠"라며 능숙하게 나를 카페 쪽으로 이끌었다. 자연스럽고 부드러운 톤 앤 매너. 내가 연습하던 말투와 행동이었다. 아, 나도 저렇게 해볼걸. 나는 그녀에게 잠시 이끌리는 듯했지만 이내 정신을 차렸다. 우린 길이 달라도 너무 달랐다. 나는 사람과의 대화가 그리웠지만, 그녀에게서 기삿거리를 뽑아낼 능력은 없었다. 그러나 그녀는 역시 끈질겼다. 거듭된 거절에도 포기하지 않고 수백 미터나 졸졸 쫓아왔다. 기자인 내가 배워야 할 끈기와 집념이었다.

그래도 나, 거절할 때 시종일관 웃는 표정이었다. 길거리의 사람들처럼 눈으로 욕하지도 않았다. 따지고 보면 그녀의 행동은 정당했다. 그녀를 만나기 전까지 나도 낯선 누군가를 기다렸으니까. 그녀가 먼저 말을 걸었을 땐 내심 기쁘기까지 했다. 그녀에게 내 반가움 가득한 얼굴은 정말 복이 많아 보였을 것이다. 그러니까 나의 거절의 미소는 그녀를 위한 최소한의 복채이기도 했다.

그날 내 인터뷰는 꽝이었다. 내가 한 일이라곤 사람들에게 거절당하다 지쳐, 공원에 앉아 커피 마시고, 도민걸을 만나 웃으며 도망친 것뿐이었다. 그래도 소득은 하나 있다. 적어도 도민걸에게 기자의 태도, 자세 따위를 조금 배우지 않았나.

"저기요, 혹시 기자를 믿습니까?"

다음 취재 때 꼭 써먹어야겠다.

반려동물 전문기자

어떤 기자가 되고 싶어요?

라고, 묻는다면 나는 두말할 것 없이 바로 대답할 수 있다. 반려동물 전문기자가 되고 싶습니다! 싹수없고 건방져 보이지만, 알고 보면 그게 다 츤데레 매력이라는 고양이 전문이요. 말캉말캉한 발바닥 젤리 한번 보세요. 나 보기가 역겨워 똥 묻은 발로 내 얼굴을 사뿐히 즈려밟고 가셔도 좋아요. 그래요. 전 그들의 충실한 집사, 아니 한 마리의 종이 되고 싶답니다.

요즘에야 반려동물에 관한 관심이 엄청나게 높아졌지만, 내가 취재기자로 데뷔한 2014년도만 해도 그렇지 않았다. 동물은 또 하나의 가족이라는 '반려동물'이 아니라 인간을 위한 예쁘고 귀여운 존재인 '애완동물'로 취급됐다. 그들을 대하는 것 또한 무조건적인 복종에 초점을 맞췄다. 커밍 시그널처럼 반려동물의 관점에서 이해하려는 노력은 거의 없었다.

기자들에게도 반려동물 아이템은 흥미는 있지만 주요 이슈로 다루기에는 애매한 소재였다. 신문이라는 엄숙하고 진지한 매체에 담기에는 가볍고 시시한 주제랄까. 인권 챙기기도 힘든 세상인데, 동물권까지 신경 쓸 여력이 없다는 분위기였다. 그러니 반려동물 관련 소식을 전하는 곳은 고작해야 일요일 아침 신동엽 아저씨의 <동물농장>뿐이었다.

하지만 그런 분위기와 별개로 나는 일찍이 반려동물 소재가 '뜰 것'이라고 예상했다. 인턴기자 시절 관련 기사를 쓰며 몸소 그 영향력을 느꼈기 때문이다. 한번은 같은 부서 동기와 함께 '강아지 공장' 기사를 쓴 적이 있다. 평생을 케이지 안에 갇혀 펫숍에 공급할 새끼를 낳는 어미견의 이야기였다. 취재원들에 따르면 어미견들은 몸을 움직이기도 어려운 좁은 공간에서, 강제 배란 주사를 맞고 기계적으로 새끼를 낳고 있었다. 생명을 유지할 수 있는 최소한의 영양분만을 공급받은 채 말이다.

나는 그 참혹하고 처참한 상황에 충격을 받았다. 기사가 나가고 독자들의 반응도 크게 다르지 않았다. 분노에 가득 찬 댓글들이 기사에 줄줄이 달렸다. 연예인들은 자신의 SNS에 기사를 공유했다. 그 결과 회사에서 발행한 기사 중 역대 최고 조회 수를 찍었다. 기사를 상품이라고 치면 그 어떤 기사보다도 잘 팔린 셈이었다. 그 덕에 어느 방송사의 다큐 프로그램으로 제작되기까지 했다. 엄청난 파급력이었다.

그 이후로 반려동물은 내 단골 취재 아이템이 됐다. 독자에게 좋은 기사라고 평가받으니, 잘하고 싶은 욕심이 생겼다. 물론 그 이유 때문만은 아니었다. 그즈음 내가 고양이 집사가 됐기 때문이다.

정말, 어느 날이었다. 퇴근길 새끼 고양이 한 마리가 불쑥 튀어나왔다. 홀쭉한 얼굴에 큰 귀를 가진 '치즈 태비(노란 얼룩무늬 고양이)'였다. 길고양이 같지 않게 털에 윤기가 좔좔 흘러 귀티가 났다. 어림 봐도 어미 고양이가 버린 새끼는 아니었다.

자취방 근처에는 공장촌이 있었다. 주로 일용직 근로자들이 모여 사는 동네였다. 이곳 사람들 말로는 공장에 다니는 사람이 키우다 버린 고양이일 것이라고 했다. 타지에서 혼자 살기 적적해 데려다 키우기 시작했지만, 막상 일이 끝나고 떠날 때가 되니 동네에 버리고 간 것이었다.

나는 고양이를 임시 보호하며 주인을 기다렸다. 하지만 안타깝게도 누구의 연락도 없었다. 그러는 사이 보호하고 있던 녀석과 정이 들었다. 고양이는 성질이 사나운 데다 사람 말 따윈 귓등으로도 안 듣는 동물이라고 여겼는데, 녀석은 달라도 너무 달랐다. 사람을 좋아하다 못해 충성을 다하는 개냥이었다. 낮이나 밤이나 내 배 위에 웅크리고 앉아 '그르렁그르렁' 소리를 내며 잤다(처음엔 화가 난 줄 알았다), 발가락을 쥐었다 피며 '꾹꾹이'라는 것도 했다. 녀석의 애교에 회사 생활의 고단함이 녹아 내렸다. 나는 그렇게 녀석의 집사가 되기로 했다.

고양이의 이름은 무병장수하길 바라는 마음에서 '나리'라고 지었다. 옛 어르신들이 흔하고 촌스러운 이름을 지어야 오래 산다고 했던 말이 생각나서였다. 그렇다고 아무거나 가져다 대충 지은 건 아니다. 며칠 동안 고심에 고심을 거듭해 지은 이름이다. 나리 말고 거론된 이름에는 개똥이, 춘삼이, 덕배가 있었다.

나리를 키우다 보니 자연스레, 고양이의 머리부터 발끝까지 관심이 갔다. 녀석들은 왜 제 침을 묻혀 몸을 닦을까(사람이랑 똑같이 침 냄새가 나던데), 똥을 눌 때는 왜 까끌까끌한 모래밭을 선호하나(그러다 똥꼬가 헐기라도 하면 큰일인데), 온종일 집에만 있으면 안 답답한가(우리 집이 7평 남짓 조그만 원룸인데) 등등.

회사에 출근해서는 온종일 녀석의 사진을 쳐다봤다. 취재 아이템도 당연히 고양이에 관한 것이었다. 틈만 나면 크고 작은 반려동물 행사를 찾고, 반려인, 수의사, 동물단체, 입양센터 관계자 등 여러 사람을 만나 관련 이슈들을 긁어모았다. 점심시간엔 애견, 고양이 카페에 갔다. 그러다 카페 사장님과 말문이 트이면 또 기사를 썼다. 회사 입장에서도 나쁠 게 없었다. 반려동물 기사는 조회 수가 잘 나왔다.

취재원들의 태도는 또 어떤가. 반려동물을 키우는 분들은 기본적으로 심성이 좋았다. 현장에 돌아다니다 보면 별의별 사람이 다 있다. 기자라고만 해도 재수 없다며 문

전박대 당하기 일쑤였다. 하지만 반려동물 좋아하는 사람들은 달랐다. 친절하게 이것저것 설명해 주는 것도 모자라, 누군가 섭외가 필요하다고 하면 그 즉시 인맥을 총동원해 연결시켜 줬다. 고작해야 기사에 한 줄짜리 멘트가 전부였는데 3시간이나 시간을 내준 열혈 견주님도 계셨다.

그중에서도 '고양이 할머니' 기사가 가장 기억에 남는다. 일흔이 넘으신 할머니는 폐지를 팔아 생계를 유지하셨는데, 그 돈 대부분을 길고양이를 먹이고 재우는 데 쓰셨다. 불쌍한 아이들을 보고 그냥 지나칠 수 없다고 하셨다. 폐지 팔아 모은 돈으로 다리가 부러진 고양이를 치료하고, 발정이 나 괴로워하는 고양이를 밤새 부둥켜안고 달랬다. 동네 노인들은 할머니에게 짐승 냄새가 난다고 무료 급식소에서 쫓아내기도 했다. 그런데도 할머니는 꿋꿋이 고양이 돌보셨다.

다행히 기사가 나가고 할머니에게 도움을 주겠다는 전화가 쏟아졌다. 사료, 간식 등 물품 후원은 물론 아픈 고양이를 무료로 치료해 주고, 좋은 주인을 찾아 입양처를 알아봐 줬다. 어느 동물보호단체에서는 할머니 집의 고양이 거처를 정비해 주고, 정기적인 사료 후원도 약속했다.

모두가 한마음으로 할머니를 도왔다. 아름다운 스토리였다. 내가 한 것이라곤 작은 기사 한 꼭지를 쓴 것에 불과했지만, 난생처음 교과서에서나 봤던 '보람'을 느꼈다.

매일 출근길 고양이를 마주친다. 소심한 고양이, 겁많은 고양이, 대범한 고양이, 까칠한 고양이까지 수많은 고양이가 함께 살고 있다. 나는 녀석들을 볼 때마다 '안녕' 인사하고 싶은 마음을 꾹꾹 눌러 참는다. 혹 주변에 어미 고양이가 있을까, 놀라 도망치다 길을 잃을까, 사람 손을 타면 더 위험하지 않을까, 반가움보다 걱정이 앞서서다.

나는 그저 내가 할 수 있는 일을 하자고 다짐한다. 기자로든, 집사로든, 이웃으로든 고양이들이 살 만한 세상을 만들자고. 고양이가 살 수 있으면 인간도 살기 좋은 세상이라고 굳게 믿고 있다.

선배는 멋있었다

그놈은 멋있었다. 그 선배는 정말이지 섹시했다. 남자에게 이런 감정을 느낀 게 얼마 만인지. 깡마른 몸에 깊은 눈, 박해일을 닮았던 초등학교 시절 반장 외에는 없었다. 선배는 추성훈을 닮은 까무잡잡한 피부에 딱 벌어진 어깨의 소유자, 짐승남의 전형이었다. 펀치력은 모르겠지만, 험악한 인상만큼은 추성훈보다 세 보였다. 다시 말하지만, 외모로만 보면 분명 내 스타일이 아니었다. 그런데 나는 그 선배가 좋았다. 내가 이성애자로 태어난 게 아쉬울 만큼 선배는 멋진 사람이었다.

선배는 사회부 기자였다. 경찰, 검찰, 소방을 돌며 각종 사건 사고를 취재했다. 원체 거칠고 고된 출입처인데도 그 일이 천직이라도 되는 것처럼 '매우' 즐겼다. 듣기로는 선배는 수습기자 시절부터 타고난 재능을 갖고 있었다. 항상 어디론가 쏘다니며 기삿거리를 물어왔고, 한번 취재를 시작하면 절대 포기하는 법이 없었다. 특별한 일이 없을 때는 산꼭대기 카페에 홀로 앉아 있었는데, 경치를 바라보며 한가로이 커피를 즐기려는 게 아니었다. 언제, 어디서 울릴지 모르는 경찰차, 소방차의 사이렌을 누구보다 빠르게 듣기 위해서였다. 그러다 사이렌 비슷한 소리가 들리기라도 하면, 그 즉시 해당 기관에 전화를 걸어 사건 사고를 파악했다. 그리고 거의 동시에 차를 몰아 현장에 도착해 발 빠르게 기사를 썼다. 속보에 특화된 통신사 기자들도 선배 앞에선 쩔쩔맸다.

평소 취재원과의 친분도 두터웠다. 경찰관, 소방관은 당연했고, 사건 사고 소식을 비공식적으로 제일 빨리 안다는 레커차 기사님들과도 형님, 동생 하며 친했다. 평일은 물론 주말에도 밤낮없었다. 기사를 쓰기 위해서라면, 물불 가리지 않고 달려들었다. 중고차 취재를 하기 위해 사비로 차를 구입했다는 유명한 일화도 있었다. 선배는 정말 취재를 위해 태어난 사람 같았다.

나는 선배와 1년 가까이 같은 회사에 다녔지만, 딱히

친해질 기회는 없었다. 내가 디지털뉴스부, 편집부, 취재부를 옮겨다니면서도 한 번도 부서가 겹친 적이 없었고, 사적으로 어울리기에도 성격과 스타일이 너무나 달랐기 때문이다. MBTI로 따지면 선배는 E, 나는 전형적인 I 타입 인간이었다. 다만 회사에서 선배의 자리가 내 등을 맞대고 있어, 그의 말과 행동을 엿들을 수 있었다.

선배는 대개 친절하고 상냥했지만, 기사를 쓸 때만큼은 심하다 싶을 정도로 엄격했다. 특히 자신의 직속인 사회부 후배들에게는 그 강도가 엄청났다. 몽둥이만 안 들었지, 입으로 사람을 두들겨 팰 수 있다는 걸 그 선배를 보며 처음 알았다. 후배들이 기사를 써오면, 취재 경위부터 토씨 하나까지 꼬치꼬치 캐물었다. 누가, 언제, 어디서, 무엇을, 어떻게, 왜라는 육하원칙의 감옥에 후배들을 감금하고, 정확한 대답이 나올 때야만 풀어줬다. 상상으로 기사를 쓰거나, 대충 베껴 쓰면 절대 용납하지 않았다.

털리는 후배들을 보는 일은 내게 소소한 볼거리였다. UFC 경기를 보는 것만큼 흥미진진했다. 후배들이 선배에게 개겨 봐도 100전 100패였다. 그들은 언제나 케이지에 엎드려 두들겨 맞는 사람이었다. 이수근과 강호동의 싸움이었다. 예능에서는 종종 이수근이 강호동을 골탕 먹이기도 하지만, 현실은 전혀 달랐다. 정확하고 구체적인 취재가 없다면 지속적이고 반복적으로 그들은 털렸다.

그런데 이상할 정도로 후배들은 선배를 따랐다. 뒤지게 혼나면서도 그를 좋아했다. 심지어는 후배들 스스로가 자신이 잘못해 혼난 것이라고, 선배는 진짜 괜찮은 사람이라며 그 털림을 기꺼이 받아들였다. 아니, 그렇게 혼나고도 아직 정신을 못 차렸단 말인가. 나는 이것이야말로 요즘 유행하는 '가스라이팅'이 아닐까 싶었다. 피해자가 심리적 조종을 당해, 상대의 가해를 합리화하는 방식. 연인 관계뿐 아니라 회사에서도 자주 일어나는 일이었다.

하지만 선배와 오래 근무한 사람뿐 아니라, 입사한 지 한 달이 안 된 수습기자마저 그에게 푹 빠졌다. 물론 선배는 수습이라고 해서 봐주지 않았다. 특별히 더 털었으면, 털었지.

선배의 매력이란 뭘까. 한참을 생각했다. 자신의 일을 열심히 하는 모습도 좋고, 후배들을 혼내며 제대로 가르치는 것도 좋고…. 그러나 그건 굳이 그 선배가 아니더라도 영화나 드라마에서 흔히 볼 수 있는 모습이었다.

그러던 어느 날 선배가 사표를 냈다. 마침내 선배의 잔소리를 참지 못한 후배들이 그를 신고했을까. 다행히 그건 아니었다. 오로지 본인 의지로 회사를 그만둔다고 했다. 좀 지쳐서, 쉬고 싶다는 이유였다. 퇴사 이유로는 특별하지 않았다.

나중에야 진짜 이유를 알게 됐다. 세월호 기사 때문이었다. 선배는 세월호 3주기를 맞아 본인 차를 끌고 진도와 목포신항에 갔다. 그곳에서 여전히 밝혀지지 않은 그날의 사고에 대한 진상조사를 요구하는 유족의 목소리를 담아 왔다.

문제는 기사의 게재 여부를 최종적으로 검토하는 데스크들이었다. 그들은 대놓고 티를 내진 않았지만, 세월호 기사를 싫어했다. 밝혀진 게 아무것도 없지만 이제 언론이 할 일은 없다며 손을 놓았다. 비단 회사만의 일도 아니었다. 부끄럽지만 나마저도 시간이 지나며 세월호 이슈는 관심 밖에 있었다. 날고 기는 기자들이 달라붙어도 진실을 밝힐 수 없는데, 나 같은 지역신문 기자가 관심을 기울인다고 달라질 게 있을까 싶었다.

그러나 선배는 달랐다. 참지 않았다. 기사를 꼭 실어

야 한다고, 기억해야 한다고 데스크에게 강력하게 항의했다. 자신의 기사가 '킬(Kill)' 당하면 쉽게 포기하는 기자들과는 달랐다. 언제나 그러했듯 그는 끈질기게 매달렸다.

결과적으로 세월호 기사는 그 중요성에 비해 작고 가볍게 실렸다. 그마저도 선배가 말하지 않았으면 어찌 될지 모르는 일이었다. 그 일을 계기로 선배는 퇴사를 결심했다고 했다. 이 회사에는 더 이상 희망이 없다고.

선배는 전형적인 '츤데레' 캐릭터다. 기사를 위해서라면 불같이 화를 내고 뒤에선 알뜰살뜰 챙겨 준다. 영화나 드라마에서 자주 등장하는 클리셰다. 사람들은 이러한 클리셰를 뻔한 스토리라고 욕하지만, 오랫동안 보고 또 즐긴다. 그 진부한 이야기가 사실은 우리가 원하는 스토리이기 때문이다. 현실도 그렇게 되길 바라서다. 아무리 무서운 선배라도 마음 한구석에 따뜻한 마음이 있으며, 그의 태도는 정의, 공정 같은 우리 시대에 필요한 가치를 지키기 위해서라는 비현실적인 이야기가 이뤄지길 원해서다.

기자 생활을 하며 많은 선배를 만났다. 후배들에게 쌍욕 하는 선배는 대부분 자신의 분풀이를 위해서였다.

따뜻한 마음은 오로지 권력자 앞에서만 보여줬다. 드라마에 나오는, 그토록 뻔한 캐릭터, 뻔한 스토리는 어디에도 없었다. 선배는 그런 현실 속에서, 누구나 예측할 수 있으며, 지겨워 죽겠는 스토리를 써내고 있다. 어찌 반하지 않을 수 있을까.

어디 대학 나왔다고?

상사 자네, 어디 대학 나왔다고?

나 OO대 입니다.

상사 아, 그렇구만, 근데 그게 어디 있는 거더라.

나 서울 성북구에 있습니다.

상사 성북구면 내가 자주 다니는 곳인데, 그런 학교도 있었나.

나 혹시 나폴레옹 빵집이라고 들어보셨는지요. 케이크로 유명한 맛집으로 크리스마스나 기념일에 가면 사람이 북적북적…

상사 아! 나폴레옹 빵집! 거기 맛있지. 근데 그게 거기가 왜?

나 제가 다니던 학교가 바로 그 빵집 근처입니다!

상사 아! 그렇구만. 나폴레옹!

서울에서 회사 다닐 땐 출신 대학이 중요했다. 갓 입사한 내게 묻는 첫 번째 질문은 언제나 '어느 대학 나왔냐?'는 거였다. 이력서 학력란에 또박또박 써놓았는데도 매번 그랬다. 이해가 안 됐다. 입학 '연도'에 '월일'까지 쓰라는 것도 모자라 '향후 기재된 사실이 허위로 판명될 시 합격이 취소될 수 있음'이라고 협박을 했으면서, 그걸 모른다고?

한국 사회에선 워낙 학력이 중요하니 주변 사람들이 묻는 것은 이해할 수 있었다. 그런데 분명 내 이력서를 노려보며 면접장에 앉아 있던 이들도 그런 질문을 해댔다. 일부러 그러는 건지 모르지만 하나는 확실했다. 학력 좋은 직원에게는 애써 묻지 않았다는 것. 대신 그들은 이렇게 말했지. "자네가 서울대 나온 친구라지?"

아무리 생각해도 어이가 없었다. 하위권 대학 출신에게 어느 대학 나왔냐는 질문은 불편할 게 뻔한데, 왜 끊임없이 반복적으로 물어보는 걸까. 과연 그들의 선량한 의도를 비꼬아 듣는 나의 열등감, 자격지심에 불과할까. 만약 그렇다고 쳐도 그들의 태도를 이해할 수 없었다. 이력서 쓰고, 면접 보고, 분명 내 실력으로 들어온 건데, 학력을 보더니 "운이 좋았다"며 "회사에 감사해야 한다"고? "어렵게 들어왔으니 더 열심히 해야 한다"고? 회사에 '듣보잡 대학 전형'이 있었던 것도 아닌데, 특별히 내게만 그렇게 들 열정과 노력을 강요했다.

그들의 의도가 어떻든 나는 항상 불리했다. 나는 유명하지 않은 대학을 나왔다는 죄로, 대학이 어디 있는지 매번 설명해야 했다. 어차피 설명해 줘도 잘 몰랐고, 진심으로 관심 있는 사람도 없었다. 설명하는 동안 내 수치심만 커졌을 뿐. 부산, 전남, 충북 등 지역 이름이 들어가는 대학이 이런 점에서는 훨씬 유리했다. 적어도 대학이 어느 곳에 있는지는 묻지는 않았으니까.

어떻게 해야 우리 학교를 쉽고 간단하게 설명할 수 있을까. 고민하다 찾아낸 곳이 성북구 나폴레옹 빵집이었다. 나는 학교 이름을 말하는 대신 나폴레옹 빵집을 말했다. 누가 봐도 부족한 설명이었지만, 효과는 좋았다. 다들 입맛을 다시며 연신 고개를 끄덕였다. 빵집을 모르는 사람에게도 화제를 전환할 수 있었다는 점에선 꽤 괜찮은 방법이었다.

나는 그렇게 빵집만 홍보하다 끝내 서울을 떠나 지

역신문사에 입사했다. 지역은 그야말로 신세계였다. 그들은 출신 대학에는 그다지 관심이 없었다. 최상위권 대학이 아니고야 어느 곳에 나왔든 중요하지 않았다. 그들에게 이름난 대학이란 그저 자기 자식들이 다녀야 할 곳이었다. 회사에서도 내게 어느 대학 나왔냐고 묻는 사람은 없었다. 나로선 참으로 다행이었다. 그들에게 서울에서처럼 빵집을 말할 순 없었으니까.

그러나 대학보다 더 중요한 것이 있었으니, 바로 '출신 고교'였다. 그들에게는 서울대에 몇 명을 보냈다는 소위 '공부 잘하는 명문고'는 별로 중요하지 않았다. 그 지역의 유지들, 예컨대 도지사, 시장, 군수, 기업인 회장, 경찰청장, 지방검사장 등이 다녔던 학교냐는 게 진짜 명문고의 기준이었다. 그들이 모이는 고교 동창 모임은 성공을 위한 필수 코스였다.

이곳에서도 난 끼지 못했다. 신문사가 있는 그 지역 출신이 아니었다. 군인이었던 아빠 덕에 한 곳에 오래 정착한 적이 없었다. 초등학교만 경기도 2곳, 충남 1곳에서 다녔으며 중고등학교는 다시 경기도, 충남에서 다녔다. 고향이라고 부를 만한 곳이 딱히 없었다.

아직도 나는 학력을 묻는 질문에 당황한다. 남들 앞에서 어느 대학교, 고등학교 나왔다고 떳떳이 말하지 못한다. 예전엔 학교를 원망했지만, 이제는 그마저도 승화하려 애쓰고 있다. 따지고 보면 내가 듣보잡 대학이라 부르는 모교는 당초 내 수능 성적으로는 갈 수 없는 곳이었다. 나는 예비번호도 없이 떨어져 정원 미달로 운 좋게 들어갔다. 고등학교도 비슷하다. 성공한 동문들이 가득한 고등학교 동창 모임은 없지만, 교지 편집부 활동 경력으로 언론사 이력서 한 줄을 채울 수 있었다.

참, 지금은 우연히 찾은 이력으로 재미를 보고 있다. 지역에 있으면서도 서울대만큼 유명한 2년제 대학 해병대 덕이었다. 서울이든 지역이든 해병대라고 하면 날 달리 봤다. 환영하는 이들도 있었다. 이 새끼, 이거 쉽게 퇴사하진 않겠다고, 좀 지랄해도 잘 참아낼 것 같다고.

글자 수 맞추기 강박

기사를 쓸 때 해괴한 버릇이 있었다.

기.사.의.모.든.문.장.글.자.수.를.똑.같.이.맞.추.려.는.것.

가령 첫 문장을,

'2021년 1월 20일 서울시 성북구 삼선동 2가 아파트에서 화재가 났다'(31자)라고 쓴다면

'이 과정에서 26명이 병원으로 이송됐지만 다행히 사망자는 발생치 않았다(31자)'

'성북소방서는 이날 화재 신고를 받고 출동해 집마다 신속하게 대피를 알렸다(31자)'

'그 결과 주민 100명이 30층 안전 구역, 33층 옥상 등으로 급히 대피했다(31자)'

이런 식으로 이후 모든 문장의 글자 수를 거의 똑같이 맞췄다. 1,200자 기사라고 치면 20자로 된 문장 60개를 만드는 식이다. 글자 수를 맞춘다고 가독성이 높아질 리는 없었다. 나는 그저 어느 한 문장의 글자 수가 다른 것들보다 많거나 부족하면 불편했다. 이에 낀 음식물처럼 온종일 거슬렸다.

이건 마치 돈가스집 주방장이 고기 맛은 신경 쓰지 않고, 패티 크기를 맞추는 데만 몰두하는 것과 같았다. 패티를 밀리미터 단위까지 균일하게 맞추고 이것도 모자라 후추와 소금의 그램 수를 똑같이 하려는 해괴망측한 짓이었다.

일종의 강박이었다. 강박이란 내 의지와 무관하게, 어떤 생각이나 장면이 떠올라 불안해지고, 그 불안을 없애기 위해 특정 행동을 반복하는 것이다. 예를 들어 외출해서도 현관문을 잠갔나, 가스 불을 껐나 걱정돼 집에 돌아가 다시 몇 번이나 확인하지만, 여전히 불안함에 시달리는 증상이다.

강박의 종류는 다양한데, 특정 숫자에 집착하는 숫자 강박, 더러운 걸 만지지 못하는 오염 강박, 항상 정돈된 상태를 유지하려는 정리 강박 등이 있다. 그렇다면 내 강박은 '글자 수 맞추기' 강박이라고 불러야 하나. 아무튼 이러한 강박들은 병원에서 약물과 상담 등의 치료로 충분히 나아질 수 있다고 한다. 나도 병원에 한번 가볼까 고민했지만, 아무래도 의사 앞에 서기가 부끄러웠다. 글자 수 맞추기 강박이라니. 분명 그 의사는 나를 이해하지 못할 것이다.

의사 어디가 아파서 오셨어요?

나 아, 제가 강박증 같은 게…

의사 증상이 어떻게 되시나요?

나 음, 그니까 글자 수를 맞추…

의사 네? 글자 수를 맞추다니, 그게 뭔

나 글.을.쓸.때.글.자.수.를.맞.추.는.버.릇.이.요

의사 …

설령, 정상적인 진료가 이뤄진다고 해도 문제다. 왠지 의사가 갑자기 내게 펜과 종이를 건네며 어디 한번 문장을 써 보라고, 너의 강박을 보여 달라고 시험할 것 같기

때문이다. 그러면 나는 또 그게 더 신경 쓰여서, 왠지 더 열심히 글자 수를 맞춰야 할 것 같은 압박을 받고, 하나라도 못 맞추면 괜히 회사 가기 싫어 꾀병을 부리는 직장인처럼 보일 테고….

선뜻 병원에 갈 수가 없었다. 하는 수 없이 당분간은 그냥 내버려 두기로 했다. 내버려 두다 보면 내 손이나 머리가 먼저 지쳐 그만둘 것이라는 생각이었다. 하지만 인간이란 동물은 진화의 산물. 글자 수를 맞추려는 강박은 나를 그에 맞게 변화시켰다. 나의 뇌는 쓸데없는 에너지를 최소화했다. 그 좋아하던 커피를 줄이고, 화장실을 가급적 가지 않도록 만들었다. 글자 수 맞추는 시간을 최대한 벌기 위해서였다.

기사 마감을 앞두고 분초를 다투면서도 그 짓을 손에 놓지 못했다. 보통 마감 시간인 6시나 7시가 되면, 기자들은 예민해져 고성이 오간다. "야, 기사 언제 넘겨" "빨리, 빨리" "여태껏 뭐했어 새끼야" 등등. 이 급박한 상황 속에서 나는 꿋꿋이 글자 수를 맞춰댔다. 눈썰미가 좋은 한 선배는 내 기사를 보더니, "이 새끼, 이거 완전 변태 새끼네"라고 고개를 흔들었다.

이 지독한 강박의 유일한 장점은 나로 하여금 천성에 없는 부지런함을 갖게 했다는 것이다. 나는 결국 기사 마감 전날 취재를 미리 해두는 상태에 이르렀다. 당일에는 역시, 기사의 글자 수를 한 자라도 더 맞추고 싶어서였다. 시간이 지나며 도리어 그 실력은 상승하기에 이르렀다. 글자 수를 맞추는 속도가 빨라졌다. 퇴근 후 오늘은 글자 수를 얼마나 맞췄을까, 피드백까지 했으니 당연한 결과겠지만.

강박에 대한 여러 책을 봤다. 원인을 특정하기 어렵지만, 가족력 혹은 트라우마에서 비롯된다고 했다. 곰곰이 내 인생 전반을 돌이켜 봤다. 가족력이라 하면… 음, 우리 아버지는 강박적으로 매주 일요일 아침마다 청소를 했었다. 한겨울에도 추워 죽겠는데 문이라는 문은 전부 열고, 먼지를 털겠다며 내 이불까지 빼앗았다. 혹시 아버지의 청소 강박 유전자가 내게 대물림된 것인가.

아니면, 중학교 시절 트라우마? 내 나이 14세. 버디버디 아이디를 'v천사소년v'라고 지을 정도로 소년미가 물이 올랐을 때였다. 그러던 어느 날 코딱지를 파다가 같은 반 여자아이에게 딱, 걸렸다. 코딱지가 아니라, 코에 먼지를 빼는 것이라고 변명해도 소용없었다. 정확히 내 검지손가

락의 한 마디 반이 오른쪽 콧구멍에 들어간 모습을 봤다. 아, 그 아이는 당시 나를 좋아하는 것도 모자라, 다른 동급생들이 내게 오지 못하도록 접근금지 명령을 내리던 질투 많은 일진이었다.

그때 이후 내 학교 생활은 망했다. 천사 소년에서 코딱지 소년으로 추락했다. 연예인에게 가장 무서운 안티는 변심한 팬이라고 했던가. 그 애는 일진답게 무리를 이뤄 나를 집요하게 놀려대기 시작했다. 내가 지나갈 때마다 "우우~" 하며 비난과 욕설을 쏟아냈다. 나는 그 상처로 화장실 거울을 보며, 내 코에 코딱지가 묻었는지 확인하기 시작했다. 매일매일. 강박적으로.

아무튼 내 강박의 가족력과 트라우마를 알았더라도 병원에 갈 순 없다. 의사에게, 중학교 때 코딱지 파다 걸려서 트라우마가 생겼다고 말할 용기는 내게 없었다. 의사의 눈은 내 코에만 집중될 게 뻔했다. 왠지 트라우마가 더 생길 것 같았다.

트라우마를 넘어서는 충격 요법이 필요했다. 편집국장이 글자 수를 맞춘 내 기사 보며, "이게 뭐야, 이 변태 새끼야"라고 욕을 한다든지, 기사를 보는 본인이 더 괴롭다며 당장 그 짓을 멈춰 달라는 예민한 독자의 항의가 있다든지. 하지만 내게 그런 일은 일어나지 않았다.

나는 요즘 글자 수를 맞추지 않으려고, 글자 수를 일일이 세어 가며, 문장 길이를 다르게 만들고 있다. 아, 이건 또 글자 수를 안 맞추려는 강박인가. 젠장.

팍!
글자수

엘레강스하고 판타스틱하게

문화부로 발령 받고 니나노 쾌재를 불렀다. 내가 문화부로 온 것은 평생 있을까 말까 한 운이 아닐까도 싶었다. 문화란 무엇인가. 연극, 영화, 미술, 도서 등 듣기만 해도 재밌는 것들의 천지였다. 문화부란 모름지기 이런 것들을 취재하는 흥미진진한 부서임이 틀림없다고 생각했다. 사건 사고를 다루는 사회부처럼 빡빡하지도 않겠다, 마음껏 즐기면서 돈까지 벌 수 있다고 여겼다. 김훈, 기형도 등 내로라하는 작가들도 문화부 기자였다. 그러니까 내가 잘만 하면 그들처럼 사회적으로도 인정받을 수도 있다는 이야기. 나는 누군가에게 기자라고 말할 때마다 '문화부'라고 힘 줘 말했다.

당시 내 주된 출입처는 미술관. 전시나 행사를 알리

는 홍보성 기사를 많이 썼다. 당연히 미술관 관계자들도 취재 협조를 잘해줬다. 그 덕에 나는 기사를 대가(?)로 전시를 무료로 즐기는 것은 물론, VVIP 대우를 받아 홀로 미술관 곳곳을 드나들 수 있었다. 심지어는 관장님들을 내 옆의 가이드로 대동했다.

하지만 얼마 지나지 않아 깨달았다. 처음부터 문화부에는 발을 들여놓지 말아야 했다. 선배들이 쉬이 이곳으로 보내줄 때 눈치챘어야 했다. 미술관 취재를 하며 내 얕은 지식과 경험들이 금세 까발려졌다. 대형 미술관은 동네 작은 미술관을 둘러보는 일과는 차원이 달랐다. 이제 막 곱하기를 배운 초등학생이 대학 수학의 미적분을 접한 기분이랄까.

그들이 보도해 달라고 뿌리는 보도자료부터 이해하기 어려웠다. '엘레강스하고 판타스틱'한 세계가 애초에 뭔지도 모르는 놈에게 미술은 '형상이 있지만 없는 것, 눈으로 보이지만 볼 수 없는 것'들이었다. 예술에 조예가 높은 독자가 아니라면 결코 이해하기 힘든 표현 투성이었다. 나는 문화부 기자로서 이 아득한 용어들을 알기 쉽게 글로 풀어내야 했다. 그러나 단어, 문장 하나도 제대로 쓸 수 없었다. 기사는 '중학생이 읽고도 이해하기 쉽도록 써야 한다'는 명제가 있는데, 내가 절대 이뤄낼 수 없는 것이었다.

정치, 사회, 경제 분야는 애당초 전문가들이 많고 대중적인 관심이 많아 인터넷만 잘 찾아봐도 대충 이슈를 파악할 수 있다. 국방, 의학, 과학 등 전문 분야도 비슷하다. 모르겠다 싶으면 바로 어느 대학 어느 교수들에게 연락하면 된다. 그들은 수십 년간 학생들을 가르친 내공으로 무지한 기자에게 하나하나 친절히 일러 준다. 찰떡같은 비유는 물론 그림, 그래프, 도표까지 준다. 오지랖 넓으신 교수님들은 관련 서적이나 논문을 한가득 보내주기도 한다.

그러나 문화는 달랐다. 전문가들이 자세히 설명해 줘도 소귀에 경 읽기였다. 미술관에서 가장 화제가 되는 작품 앞에서, 머리만 긁적이고 있는 놈은 나뿐이었다. 다들 와, 하고 감탄을 쏟아내고 있는데 나 홀로 이건 도대체 뭔 그림이냐며 멀뚱히 쳐다보고 있었다. 그들의 감탄과 환호가 연기라고 해도 그것 또한 예술이었다. 나는 그 리액션을 보는 것만으로도 감격과 감동을 대신 전달받았다.

정물화나 풍경화는 좀 나은데(이것도 아마추어와 프로의 그림을 섞어 놓으면 나는 절대 구분하지 못할 것이다), 추상화 같은 건 감히 엄두도 못 냈다. 말이 좋아 추상화지, 솔직히 약간 이상해 보이고 난해하다 싶은 그림은 내 기준에서 전부 추상화였다(그렇다고 추상화를 비난하려는 것은 아니다).

한번은 지역 미술 작가의 전시에 초대받았다. 추상화를 그리는 젊은 작가였는데, 개인전 인터뷰였다. 나는 인터넷에서 찾을 수 있는 추상화 관련 정보들을 미리 찾아 공부했다. 그 작가의 화풍, 스타일 등을 알아보고 철저히 준비했다. 창피당하지 않기 위해 최선을 다했다.

내 노력이 통했는지 인터뷰는 순조롭게 진행됐다. 꽤 그럴싸하게 문화부 기자처럼 질문했다. 방법은 간단했다. 작품이나 예술 뒤에 '세계'를 붙이면 됐다. 작가님의 세계, 작품의 세계, 예술 세계 등등…. 나는 "작가님, 그림 짱 멋있어용!"이라고 말하는 대신 "작가님의 세계가 한 걸음 더 나아가셨군요!"라고 말했다.

작가 또한 만족해했다. 이후 식사를 하자며 나를 불렀다. 비공식적인 자리였다. 일 얘기 따위는 하지 않을 줄 알았다. 그러나 작가는 식사 내내 예술 이야기를 늘어놓기 시작했다. 이 작품은 어떻고, 저 작품은 저떻고. 가끔은 내게도 의견을 물었다. 그럴 때마다 나는 말없이 반찬을 한가득 입에 욱여넣었다. 우물우물 음식물을 씹으면 대답을 최소화할 수 있었다. 내 무지를 들키고 싶지 않았다.

불가피하게 답을 해야 할 땐 '아는 척' 스킬을 시전했다. 군대에서 배운 복명복창이었다. 작가가 "이번 작품은 전의적인 실험을 했는데, 어떻게 생각하세요?"라고 의견을 묻는다면 나는 "맞아요. 전의적인 실험이 조금 보이더군요"라며 맞장구치는 식이었다. 우습게 보이지만 현장에선 꽤 효과적이었다.

식사 내내 나는 앵무새 모드로 버텨 냈다. 마지막으로 헤어지기 전 밀크커피를 마시며 작가와 담소를 나눴다. 그러지 말았어야 했는데, 밥 먹자마자 바로 도망쳤어야 했는데…. 나는 밀크커피의 그 전의적이지도 실험적이지도 않은 맛에 취해 순간 긴장을 놓아 버렸다.

"그럼 다음에는 A 선생님과 같이 보시죠?"

"근데 그분이 누구시더라"

"아… 잘 모르시는군요…."

"유명한 분인가요?!"

"…"

A 선생님. 그로 말할 것 같으면 추상회화 분야의 권위자. 지역 출신의 대표 원로 작가이자 지금은 세계적으로 명성을 떨치고 있는 대가 중의 대가였다. 즉 내가 그분이 누구냐고 물었다는 것은, 이제껏 내뱉던 미술에 관한 모든 말들이 다 뻥이었다는 걸 시인하는 셈이었다.

그리고 그게 마지막이었다. 다음에 꼭 보자던 젊은 작가는 인터뷰 이후로 연락 한 번이 없었다. 식사 내내 나를 인정해 주던 그는 온데간데없이 사라졌다.

결론은 문화부 기자, 생각보다 만만하게 볼 거 아니라는 것. 제대로 못 쓰면 '개쪽' 당하기 쉽다는 것. 텔레비전에 나오는 사회, 경제, 정치부 기자처럼 고돼 보이진 않아도 기사 쓰는 거 자체로 열심히 사는 사람들이라는 것.

졸라 고독하구만

학창 시절 난 졸라게 잘났었다. 남들이 뭐래도 글쓰기에 대해선 스스로 그렇게 생각했다. 기자가 되고서야 깨달았다. 나도 별거 없다는 걸. 잘난 놈 아니고, 졸라게 잘난 척만 해댔다는 걸. 지난날 내가 부렸던 수많은 객기들이 떠오른다. 가능하기만 하다면 시간을 되돌려 그때의 내게 말하고 싶다. 제발, 그러지 마. 평생 이불 킥하고 살고 싶지 않으면.

기자 생활 4년 동안 기자상을 한 번도 받아보지 못했다. 기자상은 취재, 편집 두 부문으로 나뉘는데 경력이 짧았던 취재는 그렇다 치고, 편집에서도 한 번을 받은 적이 없다. 상이 전부는 아니지만, 내가 이렇게 상에 집착 이유는 역시 내가 잘났다고 생각했기 때문이다. 역대 수상작

들을 보면서, 나도 이 정도쯤은 하겠다며 심사위원들의 안목을 비웃었다. 내가 작품을 내기만 하면, 무조건 되겠다고 공언했다. 하지만 결과적으로 단 한 번도 후보조차 오르지 못했다.

기자가 되기 전까진 나도 꽤 잘나갔다. 좋다. 지금, 이 순간만큼은 겸손 떨지 않겠다. 눈꼴사나워도 내 자랑을 마음껏 해 보겠다. 정규 교과과정 12년, 초중고 글쓰기 대회에서 상을 놓친 적이 없었다. 독후감, 논술, 여행 감상문 등 쓰기만 하면 상을 받았다. 공부는 못해도 글은 잘 쓰는 놈으로 불렸다. 남들은 밤새워 공부할 고3 때도 글쓰기에 심취했다. 안 쓸 이유가 없었다.

대학에 가서도 내 잘남은 유효했다. 국문과 친구들이 모이면 항상 나오는 유명한 일화가 있다. 교양과목 '나를 위한 글쓰기'를 들을 때였다. 나는 글을 써 행복해지자는 교수님의 말에 사사건건 딴죽을 걸었다. 이 수업을 듣게 된 이유를 쓰라는 과제를 이렇게 제출했다. "왜 꼭 행복해야 하나. 그것이야말로 글쓰기의 폭력이다. 토 나올 일이다". 내 글을 PPT에 띄워 읽던 교수님의 표정, '저 새끼 관종 새끼 아니냐'는 수강생들의 표정, 아직도 잊히지 않는다.

그 결과 조별 과제에서 나는 혼자였다. 보다 못한 교수님은 결석 처리를 안 할 테니 수업에 안 나와도 된다고 했다. 자연스러운 도태였다. 그럼에도 괜찮았다. 난 졸라게 잘났다. 반항적 글쓰기를 품지 못하는 저들을 욕해댔다. 마음껏 비웃었다. 두고 보자. 곧 있을, 교내 최고의 권위를 자랑하는 전교생 글쓰기 대회에서 본때를 보여주리라. 글 좀 쓴다는 놈들과 겨뤄 이기리라 다짐했다.

그렇게 참여한 대회에선 예상대로 승리를 거머쥐었다. 더 높이 올라갈 곳도 없는, 아쉬움도 남지 않는 1등.

대회가 끝나고 나를 천대했던 그 수업은 어느새 축하의 장이 됐다. 금의환향이었다. 수업에 나오지 않아도 된다던 교수님은 날 일으켜 세웠다. "우리 수업에서 글쓰기 대회 1등이 나왔습니다"라며 수강생들 앞에서 박수 세례를 받았다. 통쾌한 복수였다. 대학 시절까지 이런 스토리들의 연속이었다. 글쓰기는 내가 인정을 받는 거의 확실한 수단이었다. 이런 상황에선 내가 잘나지 않으려야 않을 수 없었다. 그렇게 살았다. 언론사에 입사하기 전까진.

기록할 기, 놈 자. 기록하는 놈들. 기자 놈들은 괴물이었다. 신문사에는 전국 각지에서 글 좀 쓴다는 이들이 모여 있었다. 그동안 쌓은 내 역량을 보여주겠다며, 덤벼든 난 한낱 애송이에 불과했다. 마이클 타이슨의 명언처럼 '그럴싸한 계획은 갖고' 있었다. '처맞기 전까지'는. 난 글 못 쓰는 놈으로 매번 링 바닥에 뒹굴었다.

글쓰기 수상 경력으로 빼곡한 내 이력서를 본 데스크들의 기대는 무너졌다. 그들에게 나는 글쓰기의 기본이 안 된 놈이었다. 주술 관계 호응, 문단 구분, 따옴표를 찍는 방법까지 지적받았다. 취재부에서는 '리드가 그게 뭐냐' '도대체 이 기사를 쓴 의도가 뭐야' '네가 하고 싶은 말이 뭐냐'는 등 까이고 또 까였다. 글쓰기에 그나마 부담 없는 편집부에서도 '제목이 너무 어렵다' '기사의 핵심을 파악 못한 것 같다' '기사의 내용과 성격에 안 어울리는 제목이다'라며 지적을 당했다.

나 글 잘 쓰는 사람이었는데, 잘난 놈이었는데. 이곳에서 과거는 하나도 중요하지 않았다. 오로지 결과로만, 기사로만 평가받았다. 내가 과연 글 잘 쓰던 시절이 있긴 했던 걸까도 싶었다. 매일매일 기사를 쓰고 제목을 뽑아도 좀처럼 실력이 나아지지 않았다. 기사 쓰는 법을 알려

주는 곳도 사람도 없었다. 말이 좋아 도제식 교육이지, 사실상 기자가 알아서 혼나면서 배우라는 소리였다. 어느새 자신만만했던 글쓰기가 아득해졌다. 언론사 안에서는 내가 인정받을 만한, 잘난 척할 글쓰기는 없었다.

가끔 대학 동기를 만난다. 아직도 내 잘난 시절을 기억하는 놈들이다. 친구들은 그때의 내 이야기를 무용담으로 늘어놓는다. "저 새끼, 교수님한테 개길 때부터 알아봤어" "기자 될 줄 알았어". 얘들아 이제 그 녀석은 없다고, 술기운에 울며 부르짖어도, 그들은 저 새끼 또 겸손 떠는 척한다고 날 욕한다. 나는 그럴 때마다 '기사 쓰는 법'을 찾았던 수많은 검색 기록을 슬며시 지운다. 쓰디쓴 소주만 들이키며 옛 시절을 떠올린다. 아, 졸라 고독하구만.

만병의 근원, 회사

회사에 다니며 급속도로 건강이 나빠졌다. 머리끝부터 발끝까지 온전한 데가 없다. 대부분 스트레스성 질환들이다.

탈모

탈모에 대한 첫 진단은 단골 미용실에서였다. 미용실 누나는 최근 몇 년간 내 머리가 급속도로 빠졌다며, 이 상태면 반년 안에 펌을 못 한다는 시한부 선고를 내렸다. 인생 최대 위기였다. 20대부터 줄곧 이어온 국민 남친 스타일 가르마펌을 못 하다니. 그날은 파마도 못 하고 집에 돌아왔다.

우울했다. 스마트폰 사진첩 속 풍성했던 나를 찾아봤다. 20대 중반 나는 시인이 되고자 했다. 시를 잘 쓰진 못

해도 행색만큼은 시인 못지않았다. 보풀이 일어난 흰 티에 무릎 튀어 나온 카고바지를 즐겨 입었다. 무엇보다 어깨선까지 내려온 긴 머리가 사람들 눈에 띄었다. 내가 보기에도 범상치 않은 기운이었다. 친구들은 머리를 자르라고 잔소리했지만 그럴 수 없었다. 긴 머리는 나의 꿈이었다.

훗날 시인 되기를 포기하고 머리부터 잘랐다. 그리고 곧 기자가 됐다. 기사 마감 시간이 가까워지면 내 머리에 과부하가 걸렸다. 정해진 글자 수 안에서 정확한 표현을 써 내려가는 건 극한의 고통이었다. 아, 분명 이대로 제목을 뽑았다간 털릴 게 분명한데. 도무지 떠오르지 않았다. 예전 같으면 담배라도 한 대 피우며 머리를 환기시켰을 텐데, 금연을 결심했으니 그럴 수도 없었다. 머리만 붙잡고 끙끙거렸다. 의사 선생님은 두피에 열이 많으면 탈모가 심해진다고 했다.

내 머리카락은 점점 사라져 갔다. 이마가 넓어졌다. 병원에선 'M자 탈모'라는 진단을 내렸다. 90% 이상 유전이라지만, 눈에 불을 켜고 찾아봐도 우리 집 족보상 탈모인은 없었다. 촌수를 8촌으로 대폭 넓혀야 겨우 찾을까 말까. 그럴 바엔 동네 구둣방 대머리 할아버지가 알고 보니,

내 친할아버지였다는 이야기가 더 설득력 있었다.

손목 터널 증후군

취재기자였던 내가 편집기자를 하게 된 건 단순한 이유였다. 당시 편집국장이 "너 컴퓨터 좀 할 줄 아냐?"는 질문에 그 의도도 모르고 "네"라고 답한 죄였다. 촉박한 마감시간에 수없이 뒤바뀌는 기사, 수정 또 수정의 연속. 국장이 말한 컴퓨터 능력은 그저 마우스를 빠르게 움직일 수 있냐는 의미라는 걸 뒤늦게 알게 됐다. 편집기자에게 '손이 빠르다'는 말은 곧 칭찬이었다. 실력 없는 내가 인정받는 길은 오로지 빠른 클릭 속도뿐이었다. 내 손목이 남아날 리가 없었다.

다이소에서 손목 보호용 쿠션을 샀다. 한결 나았다. 병원에 가보진 않았으나 스스로 손목 터널 증후군이라고 결론 내렸다. 요즘은 손목 건강에 좋다는 버티컬 마우스를 구입하려고 고심하고 있다. 이걸 사면 몸이 더 나아질까, 괜히 일이나 더 늘어나지 않을까. 손목 통증도 회사에서 산재처리 해주려나.

위장병

고등학교 3학년, 공부는 지지리도 안 하고 책만 읽었다. 현실 도피였다. 창문 밖을 하염없이 쳐다보며 마음은 가라앉혔는데, 몸은 아니었나 보다. 극심한 위장병에 시달렸다. 밥을 먹어도 속이 쓰리고 안 먹으면 안 먹은 대로 속이 쓰렸다.

열아홉 나이에 처음 한의원에 가봤다. 의사 선생님은 한참을 고민하다 말했다. 소음인과 소양인의 중간인 나는 스트레스에 취약해 본래 위의 기운이 약하다고. 나도 그쯤은 말할 수 있었지만, 아무튼 휴식이 최고라는 말에 대놓고 고3 자습을 뺐다. 몇 달 후 정말 위장병이 나았고, 수능을 망쳤다.

그 이후 10년이 지났다. 위장병 따윈 없었다. 새우깡을 안주로 싸구려 술을 마셔도 끄떡없었다. 그런데 기자가 되고 그 병이 다시 돋았다. 회사 스트레스 때문인 게 분명했다. 회식 자리에서 술은 더 이상 술이 아니었다. 술을 가장한 독이었다. 권위 있는 자들의 '기분'과 '흥'에 따라 들이켜야 하는 독. 달달한 낭만 대신 쓰디쓴 알코올 맛만 느껴졌다. 안주를 집어삼키며 내 위는 겨우 버텨냈다. 화장실에 가는 척 편의점에 들러 숙취해소제를 먹었다. 속이 뒤집혔다. 하지만 다시 술을 마셔야 했다.

강박증과 불안증세

취재기자일 때는 기사의 모든 문장의 글자 수를 똑같이 맞추려고 했다. 강박이었다. 누가 시킨 것도 아니었다. 첫 문장부터 끝까지 변태처럼 맞춰댔다. 이유는 모르겠다. 매일매일 취재거리를 고민하다 미쳐버린 건지, 문장 길이를 맞추며 스트레스를 풀었다.

편집기자가 되고선 그 증상이 심해졌다. 기사를 쓸 일이 없으니 문장 길이를 맞출 필요는 없었다. 다만, 오탈자에 신경이 쓰였다. 틀린 글자가 있나 빠진 글자가 있나 눈이 빠지도록 쳐다봤다. 확인하고 또 확인했다. 편집기자에게 오탈자 찾기는 기본 중의 기본. 사소해 보여도 한번 터지면 역대급 재앙이었다. 하지만 일단 눈에 보이지 않으면 잡아낼 방법이 없었다. 취재기자, 편집기자, 교열기자를 거쳐 편집국장까지 최소 10명의 눈으로 보더라도 한 번 안 보이면 귀신에 씐 것처럼 안 보였다.

한 줄짜리 단신 기사 제목이야 그렇다 쳐도, 가장 크고 굵은 글씨로 쓴 제목 오탈자를 못 잡는 경우도 있었다. 1차 책임은 편집기자의 몫. 처음부터 제목을 똑바로 썼으면 오탈자가 없을 것 아니냐는 논리다. 인정한다. 딱히 반박할 수 없다. 키보드를 두드려 글자를 입력하는 건 편집기자다.

그래서 신문을 쳐다보고 또 쳐다본다. 핸드폰으로 사진을 찍어 집에 가서도 확인한다. 신문이 인쇄되고, 더 이상 고칠 수 없는 상황인데도 그 짓을 반복한다. 나중엔 단어의 뜻이 생각나지 않고, 문자의 형상으로 인식되는 '게슈탈트 붕괴현상'까지 일어난다. 하지만 어쩔 수 없다. 그렇게 불안에 시달리면서도 잡아낸 오탈자가 있었다. 100번 중에 1번일지라도.

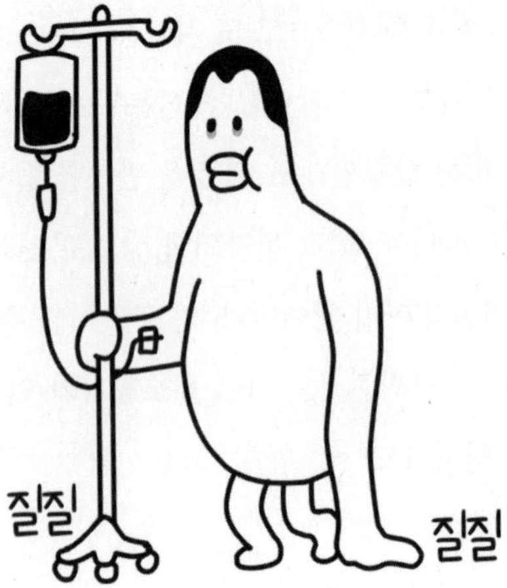
질질
질질

회사에서 스트레스 안 받는 방법

스트레스 받지 않고 회사에 다닐 순 없을까. 비현실적이다 못해 허황된 소리겠지. 회사란 분명 스트레스로 시작해 스트레스로 끝나는 곳이다. 오랫동안 '스트레스를 덜 받는 방법', 받더라도 '타격을 최소화하는 방법' 따위의 책을 읽어 봤지만 무소용, 무쓸모. 심지어 어느 책에서는 적당량의 스트레스는 생산성 향상에 도움이 된다고 했다. 피할 수 없다면 즐기라는 식. 저자는 회사 생활을 안 해봤거나, 회사 오너들의 청탁으로 쓴 것이 확실하다.

사실 스트레스 안 받는 방법은 간단하다. 회사를 그만두면 된다. 그런데 다들 그럴 수가 없으니, 이렇게 아등바등하고 사는 거겠지. 아침 명상이니, 독서를 해봐도 그때뿐이다. 술을 마시거나 노래방에 가는 게 가장 효과적이긴 하나, 돈도 돈이고 나이가 들수록 몸이 죽어난다.

스트레스 이야기를 이렇게 주저리 떠들어댄 건, 내가 스트레스에 아주 취약한 인간이라서다. 단순히 스트레스를 쉽게, 많이 받는 수준이 아니다. 신체적인 변화가 나타난다. 머리에는 탈모, 피부에는 두드러기가 올라온다. 회사에서 누군가 속닥대는 것만 봐도, 온 신경이 예민해진다. 그들이 내 뒷담을 하는 것도 아닌데 그렇다. 괜히 머리가 아파진다.

선사시대에는 이런 예민함이 장점일 때가 있었다. 함부로 독이 든 식물을 주워 먹지 않았을 테고, 위협적인 동물에게도 다가가지 않았을 것이다. 음습한 동굴이나 컴컴한 바닷속처럼 위험해 보이는 곳에 들어가지 않는 습성은 생존 확률을 높였을 것이다. 하지만 그건 다 옛날 옛적 일이다.

요즘에는 음식에 문제가 있다 싶으면, 소비자원에 신고하면 되고, SNS에 올리면 알아서들 성분이니 뭐니 분석해, 향후 대처법까지 일러준다. 알 수 없는 공간도 없다. 구글 지도만 열면 이곳이 위험한지 아닌지, 사람이 사는지 안 사는지 쯤은 다 알 수 있다.

문명의 발달이 인간의 생존 본능을 뛰어넘은 셈. 나 같은 종류의 인간은 각종 스트레스성 질환에 쉽게 노출돼 씨가 말라야 했지만, 현대의학의 힘으로 근근이 버티고 있게 됐다. 이건 축복인가, 저주인가. 아무튼 나는 30여 년을 먹이사슬 가장 아래 있으며 나름의 생존법을 터득했다. 그 어떤 책에서도 알려주지 않는 실전용 직장 스트레스 예방법이다.

최악의 최악을 상상하라

직종, 연차, 성별 등 어떤 조건에서든 상관없다. 지금 상황에서 일어날 수 있는 가능한 최악의 최악의 떠올려라. 물론 정말 터무니없는 상상은 하나 마나다. 갑작스러운 운석 충돌로 지구가 멸망한다든지, 코로나가 30년쯤 갈 것이라는 말도 안 되는 상상은 해봤자 더 스트레스다.

회사에서 나한테 한 번쯤 일어났었거나, 누군가에게 일어날 수 있는 일을 떠올려야 한다. 신문사 편집기자로 따지면 신문 1면에 큼지막하게 오탈자를 내고, 대통령 사진을 다른 정치인의 얼굴로 잘못 넣고, Ctrl+z를 눌러 취소한다는 게 실수로 Ctrl+ㅋㅋㅋ 하고 웃어버리는 일 따위다(위의 예시들은 내가 일하는 신문사에서 실제 있었던 일이다).

실전에 적용해 본 결과 꽤 괜찮은 방법이었다. 최악의 상황을 상상하면 상상할수록 이상하게도 회사 다니기가 편안했다. 실제로 그런 상황이 발생하더라도 역시 그쯤은 예상했으니 덤덤할 수 있었고, 일어나지 않는다면 그건 그대로 땡큐였다.

이 방법의 최대 장점은 상사 앞에서 "죄송합니다" "잘못했습니다" 같은 말들을 거리낌 없이 나이스하게 던질 수 있다는 것. 가슴이 콩닥콩닥 뛰지도 않고, 당황해 얼굴이 빨개지지도 않는다. 그저 묵묵히 사약을 받아 마시는 선비처럼 경위서를 쓰고 말면 그만이다.

자를 테면 잘라라

첫 번째 방법의 확장판이다. 첫 번째 방법으로도 전혀 효과가 없을 때, 정말 스트레스 받아 죽을 것 같을 때 쓰는 업그레이드 버전이다. 핵심은 '나는 언제든 잘릴 준비가 되어 있으니, 마음 놓고 자르라'는 것. 다만 주의사항이 있다. 일을 대충 하겠다는 마음가짐과는 다르다. 일을 대충 하면 정말 잘릴 수 있다. 내 방법은 어디까지나 해고

당하지 않으면서도 회사를 버틸 수 있는 '마인드' 트레이닝법이다.

진짜 잘렸다간 뒷감당은 스스로 해야 한다. 그렇다면 이 방법의 실전 적용은 이렇다. 업무에 있어서 내가 '당당하다'고 여겨질 때 쓸 것. 당당하다는 표현이 주관적이고 애매하다면, '누군가 지시한 대로 업무를 수행했으나, 문제가 터지자 상사들은 나 몰라라 하고, 나만 털리는 상황'에서 쓴다는 걸 기억하자.

그럴 때야말로 '잘라라' 마인드가 빛을 발한다. 쌍욕을 먹어도 일말의 양심의 가책이 없다. 나를 욕하는 놈들은 멍청이들이다. 정말 잘리면 노동청에 강력히 항의해도 좋다. 실업급여로 몇 개월 버티지 뭐. 가장 좋은 점은 혼이 나더라도 스스로 무너지지는 않는다는 것이다. 불교에선 이를 해탈이라고 부른다.

회사 일에 최선을 다하지 말아라

회사는 '최대 이윤'을 추구한다. 여기서 '누가'라는 주어는 언제나 생략돼 있다. 사용자도 근로자도 아닌 회사라는 말로 뭉뚱그려졌을 뿐이다. 하지만 우리는 알고 있다. 이 말은 곧 인력과 월급을 '최대'한 줄여 사장님만 '잘 살겠다'는 뜻이다. 그러니 내 쪽에서는 반대로 최대 행복을 추구하면 된다.

일을 열심히 해선 안 된다. 그냥 딱 욕 안 먹을 만큼만 해야 한다(요즘엔 그것도 어렵지만). 상상하라. 당신은 지금 회사에게 납치를 당했다, 아무 잘못 없이 하루 8시간, 그 이상 붙잡혀 있다. 무고한 피해자인 우리는 최대한 그들을 이용해야 한다. 일하며 틈틈이 인터넷 쇼핑을, 야구 중계를 시청하자. 죄책감 따윈 갖지 말자. 그래 봤자 우리는 인터넷 창을 모니터 한 귀퉁이에 숨겨 놓는 심약한 존재들이다.

편집기자였던 내 경우, 제목을 대충대충 뽑아도, 아니 성의 있게 뽑았지만 퀄리티가 구려도 스스로 면죄부를 줬다. 어차피 월급도 낮고, 인력도 충원해 주지 않는다면 회사는 그에 맞는 결과를 가져야지. 일이란 무엇인가. 사용자(회사)가 근로자(직원)에게 재화(돈)를 제공하고 상품을 만들어내는 것이다. 회사의 재화가 부족하면 뽑아내는 결과물이 구린 건 당연하다.

우리는 이제껏 열정이란 이름으로 회사를 위해 과도한 생산을 했다. 더 이상 그러지 말아야 한다. 받은 만큼만 일하면 된다. 내가 갑, 회사가 을이다.

현재는 '더럽고 치사해서 회사 물품 따윈 쓰지 않는다'를 실험 중이다. 구체적인 방법은 추석, 설날 등 각종 명절에 주는 선물 세트 거부하기, 회사 화장실 비누 쓰지 않기, 탕비실 커피 마시지 않기다. 언제가 될지 모르겠지만, 실전 검증이 끝나는 대로 공개하겠다.

회사가 싫어도 행복해지자

선배를 따라 식당에 갔다. 맛집 인터뷰를 위해서였다. 주제는 간단했다. 맛집 비결을 찾아라. 사장님의 성공 스토리를 듣고 맛있게 버무려 쓰면 됐다. 그렇게 설레는 마음을 안고 도착한 곳은 도심 한복판 상가.

식당 내부는 잘 차려진 밥상처럼 깔끔하고 정갈했다. 단 한 톨의 먼지도 허락하지 않겠다는 듯 바닥 타일이 스케이트장처럼 투명하게 빛났다. 맛은 몰라도 위생 관념만큼은 장인들의 그것을 뛰어넘는 수준이었다. 사장님의 외모와 말씨도 부족함 없이 세련되고 정돈됐다.

메뉴는 전복이었다. 생전복, 전복구이, 전복찜, 전복죽 등 전복으로 할 수 있는 모든 요리가 있었다. 감탄이 절로 나오는 맛까진 아니었지만, 맛집이라 하기엔 충분했다.

그곳에서 내 업무는 선배 옆에 붙어 인터뷰 스킬을 배우는 것. 실제로는 취재를 핑계로 전복을 마음껏 먹어댔다. 대놓고 그럴 순 없으니 먹음직스러운 사진을 찍고, 중간중간 '와우, 사장님 맛있어요'라고 추임새를 넣었다. 선배가 부러웠다. 맛집을 다니며 기사까지 쓸 수 있다니. 나도 선배처럼 식객기자가 되고 싶었다.

얼마 뒤 회사에 임신 소식이 들렸다. 맛집 인터뷰 시리즈를 맡던 선배였다. 딩크족이라던 선배였는데, 덜컥 아이가 생겼다고 했다. 여러 가지로 경사였다. 새 생명의 기쁨도 그랬고, 출산휴가를 떠나는 선배 대신 내가 맛집 인터뷰를 맡을 수 있게 됐다는 것도 그랬다. 나는 그렇게 맛집 인터뷰 시리즈를 맡게 됐다.

열심히 취재 대상을 물색했다. #맛집 #오빠랑가볼만한곳 #데이트하기좋은곳 등 수많은 태그를 붙여 맛집을 찾았다. 그런데, 어라. 기획이 조금 바뀌었단다. 편집국장은 맛집뿐이었던 시리즈 콘셉트를 확대했다. 이제는 지역 소상공인, 자영업자라면 모두 인터뷰 대상이었다. 약간 실망하긴 했지만 이내 마음을 고쳐 잡았다. 그래, 맛집만이 능사가 아니다. 이 세상엔 맛 말고도 재미난 것들이 가득

하다.

식객기자가 될 수 없다면, 여행 또는 관광기자가 되겠다고 다짐했다. 어차피 사무실에 종일 갇혀 있을 바엔, 밖으로 나가는 일 자체만으로 만족이다. 장난감 가게든 PC방이든 성공한 소상공인이라는 큰 틀만 엮어 가면 됐다. 콧바람을 쐬며 적당히 밖에서 딴짓을 하는 데 의의를 두기로 했다.

선배가 복귀하기 전까지 여러 사장님을 인터뷰했다. 집에서 키울 수 있는 인삼재배 키트를 만들어 대박을 낸 사장님부터 이상은의 노래로 가게 이름을 지은 액세서리집 사장님, 대학 졸업 후 엄마와 함께 한복집을 운영하는 사장님까지. 다들 특색 있고, 열정적이었다. 자신이 하고 싶은 일을 하며 행복을 누리고 있는 분들이었다.

핸드메이드 원목 소품숍 사장님도 그중 하나였다. 당시 그의 나이는 20대 후반. 키가 크고 개구쟁이 같은 인상이었다. 오버핏 티셔츠 위로 베이지색 앞치마를 두른 모습은 나무를 다루는 직업과 잘 어울렸다. 그는 대학에서 제품디자인을 전공한 후 서울의 한 디자인 회사에 취업했다. 회사는 1년 반 동안 다녔고, 정말 '하고 싶은 일을 하겠다'는 뜻을 좇아 고향에 내려왔다. 그리고 시작한 원목 소품숍.

SNS 홍보를 기반으로 젊은 층에 알려지면서 입소문이 난 곳이었다. 수입이 많진 않지만, 건물 임대료를 낼 만큼은 된다고 했다. 그와 나는 공통점이 많았다. 나이대도 그렇고, 현장에서 몸 쓰는 일을 하고 싶은 점도 그랬다. 우리는 오랜만에 만난 친구처럼 실컷 수다를 떨었다. 그렇게 인터뷰는 성공적으로 마무리되는 듯했다.

"끝으로 사장님처럼 좋아하는 일을 직업으로 삼고 싶은 분들에게 해줄 말씀은요?"

마지막 질문이었다. 질문 자체가 특별한 건 아니었다. 가게 소개, 창업 동기, 배경 등과 더불어 모든 사장님께 하는 공통 질문이었다. 뻔하긴 하지만, '잘나가는 소상공인' 인터뷰에는 꼭 들어가야 할 부분이었다. 예를 들면 "하고 싶은 일 하며 사세요!" 따위의 말들이었다. 이제껏 만난 사장님들도 대개 그렇게 답했다.

하지만 원목 소품숍 사장님은 한참 뜸을 들였다. 말

하기를 주저했다. 인터뷰 내내 밝던 표정이 어두워졌다.

"저, 사실은 후회되기도 해요."

예상치 못한 대답이었다. 잘나가던 회사에 다니다가, 하고 싶은 일을 위해 박차고 나왔다더니. 지금까지 말한 내용과는 결이 달랐다. 마지막 질문이라는 말에 숨기고 있던 진심이 나온 걸까. 사실은 별로 하고 싶은 일이 아니었는데, 먹고 살려고 하다 보니 어쩔 수 없이 창업을 하고, 인터뷰는 가게 홍보를 위해 했던 것일까. 아니면 초롱초롱한 눈망울로 자신을 바라보고 있는 기자를 위해, 입맛에 맞는 답변만 골라 말해 준 것이었을까.

이유는 잘 모르겠다. 그러나 기사에는 그 말을 곧이곧대로 옮길 수 없었다. 그래도 명색이 잘나가는 지역 소상공인이 기획 의도다. 사회부 기사처럼 후회, 절망, 좌절, 실패의 분위기는 어울리지 않았다. 파릇파릇한 청년의 입에선 이렇게 맥 빠진 소리가 나와선 안 됐다.

"그래도 회사 다닐 때보다 낫지 않아요?"

난 사장님의 말을 돌리려 애를 썼다. 좋은 말이 나오길 기대하며 마지막의 마지막 질문을 던졌다. 그 질문은 기사를 위해서이기도 했지만, 나를 위해서이기도 했다.

그즈음 나는 기자가 적성에 안 맞는다고 생각했다. 글쓰기가 점점 부담스럽고 싫어졌다. 빨간펜으로 죽죽 그어진 기사를 보며 글쓰기를 좋아한다는 것도 어쩌면 착각에 불과했다는 생각이 들었다. 좋아한다고 힘들지 않은 건 아닐 테지만, 더 이상 글을 쓰지 않고도 살아갈 수 있을 것 같았다.

내가 해야 할 일은 따로 있다고 생각했다. 그 일이라면 어떤 위기도 장애물도 극복할 수 있고, 돈이 부족해도 기쁘고 행복하지 않을까 싶었다. 그러니까 지금 하고 싶은 일로, 돈을 벌고 있는 사장님은 내게 이렇게 말해야 했다. 지금 당장 도전하세요! 기자 따윈 그만두세요! 하고 싶은 일을 찾아 떠나세요! 그러면 행복해질 수 있어요!

"글쎄요. 이 정도 행복은 회사 다닐 때도 있었던 것 같아요. 다시 돌아간다면 퇴사를 다시 생각해 볼 것 같아요."

그러나 사장님은 끝내 기대를 저버렸다. 인터뷰를 마치도록 내가 원하는 답은 나오지 않았다. 퇴사한 회사에조차 그 정도의 기쁨, 그만큼의 행복은 느낄 수 있었다고 했다. 힘들긴 해도 동료들과 어울리며, 새롭게 배우고, 때맞춰 월급을 받고…. 돌이켜보면 나쁘지만은 않았다고 했다. 회사를 뛰쳐나온 사장님은 마냥 행복할 줄 알았는데, 착각이었다.

기자를 하며 행복했던 순간을 떠올려 봤다. 취재기자일 때는 취재원에게 전화를 걸어 멘트 하나만 따도 뛸 듯이 기뻤다. 어쩌다 현장에서 만난 시민들이 내가 찾던 케이스라면 온몸에 전율이 느껴졌다. 편집을 할 때도 그랬다. 제목으로 쓸 단어, 조사 하나가 생각하면 웃음이 절로 났다. 소소하긴 했지만 '행복'이란 감정을 느꼈다. 이런 뜻이었나. 사장님의 말처럼 하고 싶은 일이 아닐지라도, 어느 정도의 행복할 수 있다는 말.

어쩌면 일이란 그런 것이 아닐까. 지금 내가 하는 일이, 원하는 일이 아닐지라도 최소한의 행복을 느낄 수 있다고. 당장 그만두고 내 일을 찾아 떠나도 좋지만, 누구나 그렇듯 인생은 피치 못할 사정의 연속. 회사가 싫고, 적성에도 안 맞지만 애써 버텨냈다면, 꾸역꾸역 살아내고 있다면 적어도 행복을 누릴 자격이 있다고. 회사 때문에 그 행복마저 부정하거나 잃어버리면 안 된다고. 난 그래도 할 만큼 했어, 이 정도 행복할 자격은 충분해, 라고 스스로 말해야 한다고.

아빠와 코뚜레

아빠는 오랫동안 군인이었다. 삼십 년 넘게 짬밥을 먹었다. 그 정도면 질릴 법도 한데 군말 하나 없었다. 타고나길 집요한 성격이었다. 한번 물면 놓치지 않는 독종 같은 면이 있었다. 퇴직 전까지 '성공하는 사람들의 습관'이라는 프랭클린 플래너를 수십 권 썼다. 아직도 우리 집 서재는 아빠가 쓴 플래너들로 가득 차 있다. 나는 그가 꽤 까다로운 군인이었다고 생각한다. 군대 갔다 온 사람은 안다. 간부란 병사들의 적, 그중에서도 장교는 적 중의 적이다. 계절 불문, 날씨 불문 일요일마다 창문을 다 열어젖히고 단잠에 빠진 아들을 깨워 청소했다면, 말 다 한 거다.

집요한 성격이지만 자식들에겐 꽤 다정했다. 공부하란 소리를 안 한 건 아니지만, 최소한 적게 했다. 본인 말로는 단 한 번도, 절대로 안 했다고 했지만, 나는 종종 '학생이 공부 말고 할 게 뭐 있냐'는 아빠의 잔소리를 기억한다. 그래도 그의 말처럼 압박이 심하진 않았다. 그 때문인지 나는 공부를 안 하면서도 죄책감이 들지 않았다.

아빠는 공부 습관 대신 유머 감각을 물려줬다. 그가 20대였던 80~90년대에 먹혔을 것 같은, 재미없는 아재개그들. 하지만 본인은 웃음치료사 자격증을 딸 만큼 유머에 진심이었다. 현역 시절 병사들에게 아침부터 '하하하하하' 손뼉 치며 자지러지는 웃음 훈련을 시켰다고 한다(간부는 역시 적이다). 모르긴 몰라도 내 또래 병사들이 속으로 엄청 욕했을 게 분명하다. 그래도 엄마 말에 따르면 수영장 아줌마들에겐 간간이 먹힌다고.

아빠와 딱 한 번 크게 다툰 적이 있다. 군대를 전역하고 함께 지리산에 올랐을 때였다. 등반 분위기는 나쁘지 않았다. 그가 좀 힘들어했던 것 말고는 서로 컨디션이 괜찮았다. 바위에 앉아 오이를 오붓하게 잘라 먹고, 물도 한 모금씩 나눠 마셨다. 다툼은 내 장래에 관해 이야기를 하며 시작됐다. 복학을 앞둔 난 고민이 많았다. 취업할 자신도 없고, 영문과 전공도 마음에 안 들었다. 그나마 하고픈

건 글쓰기였다. 글쓰기와 관련된 일을 하고 싶었다. 지금 처럼 기자는 아니고, 시인이 되고 싶었다. 나는 지리산 바위에 앉아 대뜸 말했다. 아빠, 저 시인이 되고 싶어요. 그러자 아빠는 군인답게 딱딱하고 직설적으로 물었다. 그래, 좋다! 구체적인 계획이 뭔데? 역시 플랜맨이었다. 난 얼마 전 트위터에서 본 모집 공고를 이야기했다.

"이외수 작가 문하생으로 가려고요."

"뭐! 이외수?"

지리산의 높고 긴 산줄기를 따라 아빠의 욕이 쏟아져 내렸다. 나한테는 아니었고 이외수 작가를 향한 것이었다. 아빠는 그를 떠올리며 격노했다. 산을 오를 때보다 더 거친 호흡이었다. 이외수 작가의 나이가 아빠보다 훨씬 많은데도, 그에게 '놈' 자까지 붙이며 화를 냈다. 네가 그 인간이 어떤 놈인지 아냐, 내가 강원도 춘천에서 근무해서 아는데, 그 인간은 어디서 빌어먹던… 이외수 작가에 대한 각종 추문을 토해냈다. 아무튼 절대 안 된다고, 내 아들이 그 밑으로 가는 꼴은 못 본다고 했다. 어이가 없었다. 나름

용기 내 말한 건데, 이렇게까지 반대할 줄은 몰랐다. 이해가 안 갔다. 문학이란, 예술이란, 아빠가 쓰는 플래너처럼 틀에 박혀 있는 게 아니라고 생각했다.

등산을 마치고 집으로 오는 내내 나는 한마디 말도 꺼내지 않았다. 그래도 분이 안 풀려 그날 밤 페이스북에 글을 한 편 올렸다. 아빠를 향한 분노의 표출이자, 저격이었다. 정확히 기억은 안 나지만 대충 이런 내용이었다.

남들에겐 하고 싶은 일 다 하라면서
누구의 눈치도 보지 말고 다 하라면서
왜 제일 가까운 이에겐 그렇게 못하는가
그거야말로 위선자의 전형적인 모습 아닌가
어이가 없다
참을 수 없다

지금 생각해 봐도 중2병스러운 글이었다. 당시 페이스북 친구들의 반응도 별로였다. 댓글은커녕 '좋아요'도

안 달렸다.

딩동, 그러던 중 페이스북 알람 하나가 떴다. 댓글이 달렸다는 소식이었다. 어느 누가 내 글을 보고 공감과 위로를 건네는가. 설마, 이외수 작가일까. 서둘러 앱을 켰다.

혹시 코뚜레라고 아시나요. 어린 송아지의 코에 끼는 고리입니다. 송아지가 아프더라도, 훌륭한 소가 되기 위해선 꼭 해야 하는 것이지요. 잘못된 길을 가려고 하면 더더욱…

아빠였다. 누가 봐도 아빠라는 걸 아는데 모르는 척 댓글을 달았던 것이다. 반말이면 반말이지, 마음에도 없는 존댓말로 댓글을 다는 건 뭐람. 나랑 온라인 배틀이라도 하자는 건가. '코뚜레 달고 맘대로 부려 먹으려고 하는 거지, 그게 진짜 소를 위한 건가요'라고 대댓글을 달려다 이마저도 그만뒀다. 우리 부자의 싸움이 자랑도 아니고, 게시글 자체를 지워버렸다.

그 다음 해 나는 대학에 복학했다. 이외수 작가의 문

하생으로는 가지 못했지만, 꿩 대신 닭이라고 국문학 복수전공을 시작했다. 재미있었다. 시도 쓰고, 소설도 배울 수 있었다. 내가 꿈꾸던 문학은 그곳에도 있었다. 지리산 사건은 까맣게 잊고 지냈다.

어느 날 엄마와 국문과에 대해 이런저런 이야기를 나누다, 문득 지리산 이야기가 나왔다. 엄마는 내 눈치를 보더니 조심스레 입을 열었다. "재밌다니 잘됐네. 너, 송아지인가 뭔가 하는 글 있잖아, 그때 네 아빠가 그걸 보고 며칠 동안 밥도 못 먹고, 잠도 못 잤잖어."

순간, 내 귀를 의심했다. 충격이었다. 지리산 싸움이 다시 떠올라서가 아니었다. 그동안 나는 이외수 '놈'에게 가지 않고도 잘 살고 있었다. 그렇게 원하던 시도 소설도 막상 배워보니, 내 재능이 미천해 직업으로 삼기는 어렵다고 생각하던 차였다. 내가 놀란 건 아빠가 정말 그랬다는 게 믿기지 않아서였다. 바늘로 찔러도 피 한 방울 안 나올 사람 같았는데, 그걸 그렇게나 신경 쓰고 있었다니. 열이 펄펄 끓고 몸져 누워도 밥만은 꼭 먹어야 한다던 양반이었는데, 식음을 전폐했다니. 우리 집 가족 뉴스에 대서특필될 일이었다. 그런데 왜 나만 몰랐던 것일까.

지리산에 다녀온 지 10년이 넘었다. 나는 시인 대신 기자가 되었다. 이제는 아빠와 올랐던 그날의 지리산 풍경이 어땠는지는 기억나지 않는다. 그런데 이상하게도 지리산, 세 글자만 보면 식음을 전폐했다던 아빠의 모습이 머릿속에 그려진다.

그때 내가 복학을 하지 않고, 이외수 문하생으로 들어갔으면 어땠을까. 아빠의 말대로 '어디서 이렇게, 저렇게 굴러먹는 놈'이 됐을까. 아니면 보란 듯이 등단해 어딘가 잘 차려진 곳에서 문하생의 문하생 정도는 받을 실력자가 되었을까. 솔직히 아직은 잘 모르겠다. 가보지 않았으니 후회 없다고도 말 못 한다.

확실한 건 지금의 아빠는 기자 아들을 보며 식음을 전폐하진 않는다는 것. '기자님, 기자님' 하며 어울리지 않는 능청을 떨며 또 산에 가자고, 목욕탕에 가자고 조르고 있다는 것. 아빠가 그럴 때마다 내 코가 괜히 시큰거리는 건 왜일까. 코뚜레가 남긴 상흔일까.

연예인 인터뷰

바야흐로 때는 2014년. 나는 중앙지 인턴기자에 합격했다. 대학 시절 내 스펙으론 감히 그 문턱을 쳐다볼 수도 없었지만, 대학과 언론사가 맺은 산학협력 프로그램 덕이었다. 뭐, 처음엔 중앙지라고 크게 다를 바 있겠나 싶었다. 고개가 절로 젖혀질 만큼 높다란 회사 건물, 출근길 누구한테 먼저 인사를 해야 할지 모를 많은 인력, 한식부터 중식까지 취향 가득 다채로운 구내식당 메뉴… 이렇게 써놓고 보니 많긴 많구나.

그래도 그것들은 정말 부럽지가 않았다. 진짜 부러운 건 따로 있었다. 다름 아닌 섭외력. 중앙지에서는 대선 주자를 포함한 유력 정치인들이 인터뷰를 위해 친히 회사를 방문했다. 언론사에서 그들은 방송에 비치는 것처럼 고상

한 척 일방적으로 메시지를 전하지 못했다. 삼엄한 경호 인력 혹은 열렬한 지지자들이 그 주변을 감싸고 있지도 않았다. 그들만을 위한 특별대우나 화려한 의전은 없었다. 낯선 환경에서 낯선 사람을 마주하는 그 뻘쭘함을 그들도 온전히 받아들여야 했다.

기자들의 태도도 무덤덤했다. 어느 정치인이 와도 선배들의 눈은 오로지 노트북만 향해 있었다. 그들에겐 당장의 기사들을 마감하는 게 대통령 행차보다 중요한 것 같았다. 그곳에서 정치인들의 얼굴이라도 보려고 미어캣처럼 고개를 쑥 뺀 이들은 나 같은 인턴들뿐이었다. 어떤 선배는 "오늘, 뭐 인터뷰 있었나"라며 관심을 보이기도 했지만, 이내 무심한 표정으로 그들을 지나쳤다. 나는 그들의 시크한 태도가 꽤 멋져 보였다. 오, 이런 게 중앙지 클라쓰인가.

정치인 말고 연예인도 자주 왔었는데, 훗날 내가 회사를 그리워했던 건 순전히 그들 때문이었다. 연예인 인터뷰 일정이 있으면 온종일 사무실은 <연예가중계>가 됐다. 정치인이 왔을 땐 '왔나 봐?'라며 시크했던 선배들도 연예인이 왔을 땐 '왔대, 왔대!'라며 호들갑을 떨었다. 그 연예인이 최근 가장 핫한 드라마나 영화에 출연했다면, 그 파급력은 더 했다. 선배들은 조용히 화장실에 가는 척 후다닥 연예인을 보러 뛰쳐나갔다. 나도 그렇게 뛰어가는 사람 중 한 명이었다.

아무튼 중앙지에 근무하며 나는 연예인을 자주 만날 수 있었다. 기억나는 대로 나열하자면 양띵, 곽정은, 김의성, 김풍, 홍진영, 장재인 등이었다. 이름만 들어도 화려한 라인업이었다. 그들에겐 굳이 '자기소개'나 '국민 여러분께 한마디' 같은 질문이 필요 없었다. 그들은 당시도 지금도 가장 잘나가는 스타들이었다. 내용과 상관없이 기사 제목에 이름만 걸리면 조회 수가 보장됐다. 오, 역시 연예인 클라쓰.

인터뷰에서 내가 맡은 역할은 고작해야 속기. 스타님들의 말을 놓치지 않고, 빠르게 타이핑하는 것이었다. 나는 노트북 모니터 너머로 힐끗힐끗 그들의 모습을 살피며 열심히 키보드를 두드렸다. 그마저도 내겐 황송한 일이었다.

가장 기억 남는 연예인을 꼽으라면, 첫째로 가수 홍진영. 진영 님을 만난 곳은 브런치를 겸하는 한 고급 카페였다. 그녀는 인터뷰 중 배가 고프다며 계획에 없던 음식을 주문했다. 갖가지 음식을 종류별로 시켰는데, 그중 내가 아는 건 파스타뿐이었다. 진영 님은 먹는 것조차도 참 맛깔나게 잘 먹었다. 하루에 한 끼를 먹는 간헐적 단식을 한다고 하더니, 정말 그래 보였다. 나는 그녀가 먹는 걸 열심히 지켜보며, 침만 꼴깍 삼키고 있었다. 열심히 타자를 두드리느라 포크를 들 시간이 없었다. 그런데 이게 웬일인가. 그녀의 숟가락으로 돌돌만 파스타가, 노트북 모니터를 넘어, 내 입을 향하는 것이 아니겠는가. 나는 왠지 부끄러워 "괜, 괜찮습니다"라고 거절 의사를 내비쳤다. 하지만 곧 그녀의 애교 앞에 입을 떡 벌릴 수밖에 없었다. "아잉~ 기자님 아~" 아, 아, 아. 절대 잊을 수 없는 순간이었다.

그녀는 한마디로 '사랑의 배터리' 그 자체였다. 인터뷰 내내 에너지가 얼마나 넘치는지, TV에서처럼 시원시원한 멘트에 당당하고 거침없는 태도였다. 인터뷰 담당 선배가 오히려 주눅 들어 보이는 모습이었다. 한 마디를 물으면 열 마디, 스무 마디로 답했다. 이쯤 되면 대답을 어떻게 끌어낼지 걱정이 아니라, 언제 대답을 끊어야 할지가 고민이었다. 속기 담당이었던 내가 가장 죽을 맛이었다. 그녀의 입에서 나온 모든 말들을 토씨 하나 안 빼고 일일이 받아 적어야 했다. 심지어는 회사에 복귀해서도 녹음 파일을 들으며 부족한 부분을 채웠다. 그래도 괜찮았다. 그녀가 먹여 준 파스타의 대가로 충분했다.

그다음은 배우 김의성. 이분은 좋은 말로 그냥 동네 삼촌, 아저씨였다. 취재기자, 사진기자, 속기 담당 인턴기자까지 총 5명이 붙는 큰 인터뷰였는데도 특별히 꾸미지도 않고 나왔다. 평소 입던 셔츠를 대충 걸치고 면도도 안 한 채였다. 영화 속 장면이면 모를까, 길거리에서 지나쳐도 모를 법한 행색이었다. 그는 SNS에서처럼 현실에서도 친근한 모습이었는데, 내가 정말 명존쎄(명치 존나게 쎄게 때린다의 줄임말. 김의성 배우는 영화 〈부산행〉 천만 공약으로 마동석 배우에게 명존쎄를 당하겠다고 말했다)를 해도 괜찮을 만큼 격이 없어 보였다.

인터뷰 사진으로 본인이 출연한 영화를 패러디해 찍었는데, <자유의 언덕>(2014)을 따라 할 때는 경리단길 언덕을 오르내리고, <북촌방향>(2011)을 따라 할 땐 처음 보는 기자들과 팔짱을 끼고 친한 척 사진을 찍었다. 성가시고 귀찮은 일이었는데도 싫은 티는커녕, '오, 이거 재밌다'

라며 적극적으로 포즈를 취했다. 보면 볼수록 대단한 연기자였다.

인터뷰를 마치고는 함께 추어탕을 먹었다. 그는 자연스럽게 소주 한 병을 시켜 반주를 권했다. 짠. 짠. 짠. 처음 본 기자들과도 술잔을 부딪치며 세상을 논하고, 키야 소리 내며, 추어탕을 얼큰하게 들이켰다. 나도 덕분에 때아닌 호사를 누렸다. 점심시간의 달달한 일탈, 업무 중의 알코올. "사장님, 소주 한 병 더요!"라던 인턴의 패기를 "적당히 하라"며 꺾어버린 선배만 아니었더라면, 여러모로 완벽한 인터뷰였다.

악플이라도 좋아요

기자에게도 명예 훈장이 있다면, 그건 바로 독자들의 댓글. 독자들은 모르겠지만, 기자 개인에게 미치는 영향력만큼은 가히 위대하다. 못 본 척, 안 본 척하지만 실은 휴대폰을 열어 몰래 댓글 하나하나 읽고 있다. 적어도 내가 본 기자들은 99% 그랬다.

기자들은 댓글이 많으면 제 기사가 좀 먹힌다고 으스대고, 반응이 별로면 독자들이 기사의 진면목을 몰라본다고 하소연한다. 댓글이 얼마나 달렸냐는 게 가장 중요한 포인트인데, 설령 악플로 도배된다 해도 좋다. 이 세계에선 무플이 더 무섭다는 말은 여전히 진리다.

예컨대 기자의 '자질'을 탓하는 악플도 환영이다. '주식 하락장, 위기가 아닌 기회'라는 제목의 기사가 있다면,

"기자야, 너 같으면 지금 IMF 이후 최대 경제 위기라는데, 주식을 사겠냐"라는 댓글. 화풀이성 댓글이 많지만, 가끔은 정말 뼈를 때리는 말도 있다. 참고로 이런 유형은 주로 기자가 기사를 머릿속으로 상상해 썼거나, 정확한 사실관계를 밝히지 않고 썼을 때 많이 보인다.

어찌 됐든 나는 기자의 필수 자질에 '관심종자' 항목을 넣어야 한다고 감히 말한다. 그만큼 댓글, 독자들의 반응과 관심을 원한다는 소리다. 누가 보면 인정에 굶주린 이들처럼 보이겠지만, 따지고 보면 이런 마음이 꼭 나쁜 건 아니다. 관심을 받으려 질 좋은 기사를 쓴다면 이것보다 좋은 일이 어디 있겠는가.

소통의 시대, 댓글은 오히려 자기 발전의 기회다. 기자는 독자에게 정보를 제공하고, 독자는 기자의 정보를 추가, 삭제, 수정하고…. 이제는 기사 쓰기를 독자에게 배우면 되지 않을까도 싶다. 네이버, 다음 등 거대 플랫폼에 기사가 올라가고 5천만 국민에게 댓글 피드백을 받을 수 있다면, 그의 기사 쓰기 실력은 좋아질 수밖에 없을 테니까.

그러나 애석하게도 내게는 이런 악플조차 달리지 않

았다. 전무했다. 내가 쓴 기사 자체가 별로기도 했지만, 다른 이유도 있었다. 내가 주로 지역신문에 근무했기 때문이다. 사실 댓글도, 악플도 네이버, 다음 포털과 제휴할 수 있는 대형 언론사만 가능한 일이다. 중소 언론사는 독자들로부터 그 흔한 욕도 못 듣는다. 어느 지역언론은 네이버 제휴 사실 하나만으로 신문 1면을 큼지막하게 장식한 것도 모자라, 회사 사옥에 대형 현수막으로 걸어두기도 했다.

나는 고작해야 자사 홈페이지에 올라간 기사의 조회 수로 독자들의 반응을 가늠했다. 그래 봐야 광고로 덕지덕지 뒤덮인 탓에 실제로는 몇 명이나 제대로 읽었을까 싶지만 어쩌다 가끔 열혈 독자들의 댓글이 달리기도 했다. '강 기자님 좋은 기사 감사합니다'라는 칭찬 댓글이었는데, 한 줄짜리 단신 기사에도 매번 그랬던 걸 보면 우리 엄마나 아빠가 아닐까도 싶다. 그 외에는 '★☆지금 당장 수익 낼 수 있습니다'며 '얼른 클릭~!★☆'해 달라는 광고가 전부였다.

나는 급기야 스스로 댓글을 찾아 나선 적도 있다. 포털에 내 이름 석 자를 수시로 검색해 봤다. 오래전 시민기자로 썼던 기사 하나가 눈에 띄었다. 책을 소개하는 서평 기사였다. 책은 카를 마르크스의 사상을 소개하는 대중 입문서. 저자가 자신이 가르치던 대학생들에게 했던 강의를 바탕으로 쓴 책이었다. 한참을 보다 연관 기사 하나가 보였다. 정확히는 기사가 아니라, 내 서평 기사를 바탕으로 쓴 리포트였다. 어라? 내 기사가 리포트에 인용됐다고? 서둘러 열어봤다.

리포트의 작성자는 한 보수단체 소속 연구원이었다. 그는 내 기사를 예로 들며, 나와 기사가 실린 매체를 비판했다. 그 연구원의 말에 따르면, 나는 '공산주의 망령'에 빠져 있었다. 카를 마르크스의 사상을 민주국가 대한민국에 퍼뜨린 빨갱이 중의 빨갱이였다.

으하하. 나는 그 리포트를 보며 웃음이 나왔다. 상처받긴커녕 리포트에 적힌 내 기사를 보며 행복했다. 내게도 이런 명예가 따라올 줄이야, 악플 수준을 넘어 그럴듯한 형식을 갖춘 리포트로 나를 까다니. 뻥 안치고 이건 가문의 영광이었다!

그 리포트가 무슨 목적으로, 어디에 쓰였는지는 모른다. 확실한 건 리포트는 무릇 남에게 발표하기 위한 것. 짐

작컨대 연구원은 세미나를 열어, 각계각층의 인사들에게 리포트를 보여주고, 내 기사를 언급하고, 참가자들은 모두 일어나 손뼉을 치고, 내 이름을 곱씹으며 세미나장을 나서는 완벽한 결말.

그 기사가 당시 네이버 메인에 뜨며, 히트했다는 걸 나중에야 알았다. 다시 찾아보니 네티즌들의 댓글이 가득 달려 있었다. 뭐, 공산주의에 대한 비판이 대부분이었지만, 기자인 나를 비판하는 댓글도 많았다. 나는 늦었지만, 그 의견을 다 받아들이기로 했다.

하나 걸리는 게 있다면 내가 이 욕을 받을 자격이 되나 싶은 것. 생각해 보면, 난 서평 기사를 썼을 뿐이다. 책을 쓴 사람은 따로 있다. 그러니까 책 내용을 문제 삼으며 나를 욕하는 건, 사실 말이 안 되는 것이다. 하다못해 이 책을 발굴하고, 번역해 펴낸 출판사를 욕하면 충분하다. 내게 죄가 있다면 책 읽을 시간이 없는 독자를 위해 간략한 서평 기사를 쓴 것뿐이다.

그래 맞다. 저자는 일본 사람이다. 어쩌면 독자들은 일본인 저자에게 일본어로 욕할 수 없어, 내게 화풀이한 거다. 그렇담 나는 지금 이 욕을 홀로 받을 게 아니라, 저자와 나눠야 한다. 함께 이 영광을 누려야 한다. 나는 작가 이메일을 구해 이렇게 쓸 요량이었다.

"안녕하세요, 선생님. 제가 선생님 대신 욕을 많이 먹었습니다. 그러니 나중에 한국에 오시면 저랑 단독 인터뷰 어떻습니까. 정 어려우시다면 소박하게 선생님 사인이 담긴 책을 보내 주셔도 좋고요. 만약 그래 주신다면 그까짓 욕, 전부 받아들이겠습니다."

하지만 줄줄 써놓고는 막상 실천으로 옮기진 못했다. 내 뜻을 온전히 담지 못한 엉망 번역 때문이기도 했지만, 이렇게 보내봤자 왠지 작가에게서 답신을 못 받을 것 같은 느낌이 들었다. 아무리 생각해도 욕이라도 먹는 편이, 무관심보단 낫다.

디지털 세컨드

디지털. 최근까지도 디지털을 '돼지털'이라고 부르는 사람들이 있었지만, 순전히 진부하고 식상한 아재개그에 불과했다. 우리는 불과 10년이 안 되는 기간 mp3, pmp, 스마트폰으로 이어지는 기술 변화에 빠르게 적응해 갔고, 이제는 디지털마저 시대 흐름에 뒤쳐져 낡아버린 용어가 됐다.

그런데 요즘 언론사에선 무슨 바람이 불었는지, 모두들 뒤늦게 디지털 타령이다. 누가 봐도 한참을 늦었는데도 숨겨낸 보석을 찾아낸 듯 호들갑을 떨고 있다. 오래전 신문사 앞 동네 슈퍼 아저씨조차 디지털이다 뭐다 떠들 때도 저 혼자 종이신문, 라디오, TV를 고집하던 이들었다. 그랬던 그들이 난데없이 '디지털 퍼스트' 노래를 부르고 있다. 다 쓰러져 가는 기자의 자존심과 죽어가는 언론사를 살려 낼 구원자로 여기고 있다.

나 또한 참말로 그걸 기대했다. 인공지능이 기사를 쓰고, 가짜뉴스, 복붙(복사 붙여넣기)뉴스 같은 질 낮은 기사들이 자동으로 걸러져 발 디딜 틈 없는 세상. 기자와 인공지능의 대결이라는 생존 문제로 시작해, 이 시대 기자란 무엇인가 고민하는 철학적 담론이 오가는 시대. 정부와 민간, 각계각층이 모여 '미래 언론이 나아가야 할 방향' 따위를 고민하길 바랐다.

하지만 뭐랄까. 막상 뚜껑이 열리고, 나는 차마 고개를 들 수가 없었다. 차라리 돼지털이라는 아재개그는 앙증맞고 귀여운 축에 속했다. 기자가 유튜브와 각종 SNS에 나와 춤추고 노래하고 연기하고, '구독과 좋아요'를 갈구하는 모습이란. 이게 과연 우리가 꿈꾸는 그 디지털 퍼스트였단 말인가. 나는 왠지 모를 허탈함과 부끄러움에 한동안 유튜브를 끊은 적도 있었다.

혹, 기자는 얼마나 잘났길래 그런 거 하면 안 되냐고 따질 수 있겠다. 나 역시 기자의 품위라던가, 엘리트 의식 따위는 없어져야 한다고 생각한다. 디지털 플랫폼에서 살아남으려는 기자들의 노력도 매우 존중한다(나도 해봤으니까). 그러나 내가 문제 삼고 싶은 건 일말의 준비도 없이 디지털을 맹신하고 있는 회사 자체다. 일선 기자들이 디지털 퍼스트라는 명목 아래 또 다른 착취를 당하지 않을까 우려해서다.

나 또한 그렇게 착취당했다. 디지털 퍼스트를 외치던 언론사들의 중심에 있었다. 평소 디지털에 부정적인 내가 이들 부서에 간 이유는 자기소개서에 디지털 시대니 뭐니, 새롭다고 보이는 말들을 다 갖다 붙인 대가였다.

중앙지에 있을 땐 언론사 자체 홈페이지에 올라갈 '기사 콘텐츠'를 생산해냈다. 그중 가장 먼저한 건 리스티클(리스트형) 기사였다. 예를 들어 소개팅할 때 하지 말아야 할 5가지 행동, 면접 볼 때 도움되는 10가지 등 순번을 매겨 목록으로 만드는 기사였다. 취재 같은 건 전혀 필요없었다.

지역신문에서도 디지털 타령은 이어졌다. 회사에서는 그제야 남들 다 하는 유튜브를 개설하고, SNS 채널을 더 철저히 관리해야 한다고 했다. 나는 그걸 이뤄내라는 특명 한가운데 있었는데, 무려 중앙지 디지털뉴스부 경험이 있다는 이유 하나였다. 하지만 부서 인원은 달랑 3명뿐. 거기에 출산휴가를 떠난 선배를 제외하면 2명이었다. 무에서 유를 창조해야 했다.

나의 목표는 단순했다. 충주시청 유튜브 '충주맨' 따라잡기. 그는 그림판 하나로, 시정 홍보에 대박을 친 공무원이었다. 어차피 우리만의 뭔가를 창조할 수도 인력도 없고, 시간도 없었다. 나는 그의 게시물을 보며 디자인부터 콘셉트까지 베끼기 시작했다. 단 둘뿐인 부서에서 나는 병맛, B급 코드를 기획하고, 선배는 포토샵을 담당했다. 나이가 지긋한 어르신 독자들의 반응이 두려웠지만 무플보다 악플이 낫다는 심정으로 용기를 냈다. 이 역시 그림판으로 만든 홍보물을 상사 몰래 올린 충주맨 덕이었다.

충주맨에 도전장을 내민 적도 있다. 언론사 계정으로 충주시청 페이스북에 '충주맨 응답하라' 따위의 댓글을 단 것이었다. 하지만 충주맨은 개무시했다. 좋아요는커녕, 대답 한 마디 없었다. 나쁜 놈. 아무리 그래도 정론직필의 언론사 SNS 계정인데, 너무하다 싶다가도 줄줄이 달리는 다른 댓글을 보며 이해가 됐다. 충주맨에 도전장을 내밀었던 건 우리만이 아니었다. 그의 아성을 이겨내려는, 사실은 그의 B급 코드를 따라 해 보려는 수많은 언론사, 지자체 SNS 관리자들이 있었다.

병맛 코드는 충주맨이었기에 통했던 것이었다. 다른 이들이 아무리 해봤자, 독자들의 반응은 충주맨이 내게 그랬던 것처럼 무관심, 개무시였다. 우리 회사 게시물에 좋아요를 누르는 건 사장, 편집국장, 나, 선배 4명뿐이었다. 그래도 뭐가 좋다고 우리끼리만 좋아라 낄낄거렸다.

더욱이 '빚이 없는 회사'를 회사의 사훈으로 정하신 짠돌이 사장마저 디지털 허풍에 가세했다. 회삿돈으로 유튜브 영상 제작용 최신형 컴퓨터를 한 대 사준다는 것이었다. 나는 당시 대학시절부터 쓰던 14인치 한성노트북으로 작업을 하고 있었는데, 그걸 본 사장이 우리가 장비가 딸려 게시물 반응이 덜하다고 했다. 아, 나는 입사 이후 처음으로 제 발로 사장실에 들어가 한사코 말렸다. "괜찮습니다. 괜찮습니다. 컴퓨터 구매만은 절대 안 됩니다."

하지만 나의 거절을 그저 겸손으로 받아들인 사장은 컴퓨터를 기어코 주문하고 말았다. 나는 사장이 구매한 컴퓨터가 브랜드 제품이 아니라, 실은 조립식 컴퓨터였다는 사실을 기억하며 그나마 부담을 덜었다.

회사에게 디지털은 돈벌이 수단에 불과했다. 어느 회사는 그걸로 돈을 좀 벌었다더라, 유튜브 구독자 수가 몇 명이 되면 수익을 창출할 수 있다더라, 하는 말만 듣고 달려든 것이었다.

언론사들이 말하는 디지털 퍼스트는 도대체 뭘까. 단순히 종이라는 매체에서 벗어나 스마트폰으로 옮겨 가는 것일까. 아니면, 누구누구처럼 그저 '구독과 좋아요'를 받으면 되는 것일까. 이제껏 내 결론은 하나다. 수없이 많고 많은 온라인 콘텐츠를 베끼며 깨달았다. 디지털 공간에서는 누구든 핸드폰 하나만으로도 콘텐츠 만들고 있었다. 그러니까 사실 디지털 퍼스트란 건 별게 아니란 것. 나이, 성별, 인종, 국적 막론 누구나 콘텐츠만 좋으면 1등이 될 수 있다.

그러니 기자들은 지금 있는 것이나 제대로 해보면 어떨까. 어설프게 디지털이라고 덤비지 말고, 올바른 기사를 써서 승부하자. 올바른 게 크게 어려운 것도 아니다. 가짜뉴스, 복붙뉴스만 안 써도 절반은 한 거다. 그때까지는, 그것이라도 제대로 하기 전까진 당분간 디지털은 퍼스트 말고 세컨드로 놓자.

나의 호구 엔딩

창문이 모조리 닫힌 답답한 사무실이었다. 나는 종이컵에 휴지와 물을 넣어 재떨이를 만들었다. 편집국장과 처음으로 맞담배를 피우던 날이었다.

"죄송합니다, 기자는 아무래도 적성에 안 맞는 것 같아요."

사실 죄송한 것도 아니며, 오히려 난 이 회사에 다닌 것만으로 사과받아야 할 사람이라고 외치고 싶었지만, 실제로는 죄인이 된 표정으로 사표를 내밀었다.

"왜, 대체 왜…."

국장은 충격을 받은 듯 한참을 사직서를 내려다보며 중얼거렸다. 그러면서도 자신의 권위를 의식한 듯 애써 침착한 말투로 나를 만류했다.

"네 적성에 맞아. 다시 한번 생각해봐."

하지만 이미 늦었다. 내 마음은 이미 떠난 걸, 돌이킬 수 없는 걸. 그는 몰랐겠지만, 고백하건대 지금 당신의 반응조차 내 퇴사 시나리오에 있던 예상 질문 중 하나였을 뿐. 나는 여전히 죄인의 모습으로 말끝을 흐리며 그의 만류를 만류했다.

"아닙니다, 정말 오래 생각했던 일입니다…"

지역신문에 입사한 지 2년. 애당초 기자라는 직업을 갖고 싶지도 않았고, 지역신문에는 특히 관심 자체가 없었다. 다만 당시 사귀던 여자 친구가 지역에 살고 있었다. 나는 그녀와 더 이상 장거리 연애를 할 수 없다며, 널 위해 지역에 살아도 괜찮다는, 사랑꾼의 자세를 갖추고 있었다.

채용공고가 뜨자마자 공들여 써놓았던 입사 원서를 넣었고 이렇게 저렇게 최종 합격했다.

입사 후 다이내믹한 일들의 연속이었다. 나는 디지털뉴스부로 시작해, 편집부, 취재부, 다시 디지털뉴스부까지 신문사 편집국에 있는 거의 모든 부서를 옮겨 다녔다. 한 부서에 적응하려고 하면 다른 부서로 인사가 났고, 그 부서에 정 좀 붙이려고 하면 얼마 안 가 또 인사가 났다. 매번 일을 새로 배워야 했다.

유일하게 달라지지 않은 게 있다면 부서를 옮길 때마다, 편집국장이 나를 붙잡아 술을 먹이고 이런 말들을 했다는 것. "네가 편집부에 있기는 아깝다" "신문사의 꽃은 사실 취재부다" "요즘 대세는 디지털뉴스부다" 등등.

어차피 국장의 결정은 감히 내가 거절할 수 있는 게 아니었다. 신문사 최고 권력자인 편집국장에게 갓 입사한 수습기자의 반항? 신문사가 망하면 망했지, 그런 일은 일어날 수 없었다. 오히려 미리 인사에 대한 언질이라도 준 게 황송할 정도. 아무튼 나는 어느 부서에든 묵묵히 일했다. 크게 뒤떨어지지 않았다는 게 맞겠다. 아무리 새로운 부서에 긴급히 투입되더라도, 일 못하면 욕을 먹는 건 똑

같았으니까.

하지만 4번째 인사가 났을 때, 그러니까 디지털뉴스부에 들어간 뒤 2년 만에 다시 그 자리로 돌아왔을 때, 나는 정녕 이 회사를 그만둘 것이라고 다짐했다. 회사 규모가 커진 것도 인력이 확대된 것도 아닌데, 불과 2년 만에 디지털뉴스의 중요도가 급상승했다는 이유로 나를 또 옮긴다는 게 용납이 안 됐다. 이번에는 기사를 쓰는 것은 물론 유튜브 제작까지 도맡아야 했다. 기사도 쓰고, 웹 편집도 하고, 유튜브 콘텐츠도 만들고. 1인 미디어라고 해야 하나.

"누굴 호구로 아나. 이번에는 진짜 그만둔다."

퇴사를 마음먹고, 먼저 같은 부서 A 선배에게 말했다. A 선배는 내가 평소에 거절이나 싫은 소리를 못 한다는 걸 너무 잘 알고 있었다. 하물며 퇴사라니. 선배는 내 말은 듣는 둥 마는 둥 능숙하게 화제를 돌렸다. 오늘 점심 메뉴에 대해서였다. 이번에 새로 생긴 카페가 있는데 그 집 브런치가 참 맛있다나. 나는 선배의 무심한 태도에 서운했다. 나의 진지한 퇴사 다짐을 무시하는 느낌이랄까. 아니,

날 뭐로 보는 거야, 나도 한다면 한다고!

하지만 무려 점심시간이었다. 우선 배부터 채워야 했다. 선배를 쫓아 브런치 카페에 갔다. 선배 말대로 정말 맛집이었다. 시럽이 과하거나 부족함 없이 뿌려진 팬케이크와 겉은 바삭하고 속은 촉촉하게 구워진 베이컨과 소시지. 완벽한 조합이었다. 불과 몇 분 전까지 죽도록 힘들어 그만둘 각오였는데, 밥을 먹고 나니 살만 했다. 그릇이 깨끗하게 비워졌을 때쯤에는 이상하리만큼 퇴사 생각이 들지 않았다.

불과 몇 분 전까지 나는 오기와 분노로 가득 찼는데…. 그 각오는 다 어디로 갔단 말인가. 늘어나는 뱃살처럼 정신이 축축 늘어진 것 같았다. 자괴감이 밀려 왔다. 배고픈 사람은커녕 배부른 돼지도 못 될지언정 빵 몇 조각에, 후식으로 아이스 아메리카노까지 마셨다고 쳐도 "그래도, 회사 근처에 이런 맛집이 있는 건 행운"이라고 자조하진 말았어야 했는데. 선배가 내 퇴사 선언에도 별말 없이 브런치 카페 이야기를 했던 건, 이런 뻔한 결과를 예상해서였을까. 나는 정녕 먹을 것에 눈이 팔려, 퇴사를 번복하는 호구 새끼일까.

나는 과거 내 호구 시절 기억들을 떠올렸다. 유럽 여행 중 네덜란드 친구의 집에 초대받아 갔던 날, 그 친구가 갑자기 마사지를 해 준다며 알몸으로 내 등 위에 올라왔다. 곧 녀석의 단단하고 뜨거운 물체가 등 위에서 이리저리 춤추기 시작했다. 그러나 소심한 탓에 이를 모른 척하고 있었을 때의 모멸감….

취재기자로 첫 현장에 나갔을 때, 타사 선배들이 친한 척하며 "오늘은 뭐 취재하냐"고 묻는 말에 있는 그대로 술술 내뱉었다. 다음날, '단독'이라는 이름표를 달고 나온 선배들의 기사. 그들에게 부당함과 설움을 이야기했더니 어차피 우리 다 경쟁자라며, 네가 말조심 했어야 한다며 고개를 홱 돌리고 가버렸을 때의 허탈함….

이따위 기억들이 내 뇌를 가르며 지나갔다. 나는 빨대를 질겅질겅 씹으며 다짐했다. 더 이상 호구로 살지 않겠다고. 내가 호구라는 걸 아무에게도 알리지 않겠다고. 나는 회사에 돌아가 사직서_진짜 최종.hwp 파일을 열었다.

오래전부터 퇴사한다면 꼭 따라 해 보고 싶은 게 있었다. 영화 <악마는 프라다를 입는다>의 마지막 장면. 상사의 갖은 갑질과 모욕에도 성공을 위해 묵묵히 따르던

주인공 앤디는 상사에게 "넌 나를 닮았어"라는 말을 듣는다. 그 말에 현타가 온 그녀는 인사도 없이 휭, 휴대폰을 분수대에 던지고, 애인에게로 훌훌 달려간다.

나는 진정 그 모습이 되길 원했다. 그러나 약정이 아직 끝나지 않은 휴대폰을 던질 수도 없었고, 돌아갈 애인도 없었다(그즈음 결국 헤어졌다). 그저 출근 마지막 날 사장, 편집국장, 선배, 후배님들에게 두 손 모아 공손히 "죄송합니다"라고 고개만 숙이다 나왔다.

인도인

"인도 갔다 왔다더니, 정말 인도인 닮았네요."

이게 뭔 개소리지, 싶었는데 면접관들이 하는 말이었다. 인터넷 매체긴 해도 꽤 알려진 곳이었다. 아무리 편집기자라도 명함의 영향력이 충분했다. 그래서 여타 매체와는 좀 다를 줄 알았는데, 아니나 다를까 다짜고짜 인신공격이었다.

나는 "전 직장 관두고 뭐 했냐"는 질문에 "인도 여행이요"라고 답했을 뿐이었다. 그게 그렇게 빵 터질 일이었나. 잔뜩 긴장한 내 얼굴을 두고 지들끼리 낄낄거리며 웃었다. 모처럼 '가벼운 농담'에 다들 웃는 분위기였다. 그 면접에 진지했던 건 나뿐인 것 같았다. 몰카가 아닐까 싶었지만 아무리 인터넷 매체라도 이딴 걸 콘텐츠로 만들진 않을 것이었다. 그러니까 인도인 닮았다는 저 말은 분명 진심이었단 소리다.

면접이 끝나고 사과할 줄 알았다. 사실은 위기대처 능력을 평가하는 것이었다며, 이 회사에서 비일비재한 'ㅈ 같은 상황'을 연출했던 것뿐이라며, 입사 후 빠른 적응을 위한 오리엔테이션에 불과했다고 둘러대길 바랐다. 하지만 여긴 대한민국 언론사다. 그런 일은 일어나지 않았다. 차라리 '느그 아부지 뭐하시노'라고 물었으면 이렇게까지 기분이 나쁘지 않았을 텐데, 국적과 인종을 초월한 공격에 난 할 말을 잃었다.

면접이라면 나도 잔뼈가 굵었다. 1분 자기소개쯤은 즉흥적으로 만들어낼 수 있었다. 회사 분위기에 따라 진지한 버전부터 참신한 버전까지. 다양한 레퍼토리를 갖췄다. 그러나 인도인 닮았다는 공격은 예상치 못했다. 허를 찔렸다. 멘탈이 요동쳤다.

면접관들도 그 틈을 놓치지 않았다. 내가 왜 회사를 2년마다 옮겼는지, 부서는 왜 취재에서 편집으로, 다시 편집에서 취재로 옮겼는지, 서울에서 지방으로 갔다, 다시 왜 올라오려고 하는지 질문을 퍼부었다. 그들의 전략이 당황한 내 모습을 보는 것이라면 대성공이었다. 나는 면접 내내 답변 하나 제대로 못 했다.

사실 내가 멘탈을 잡지 못한 데는 또 다른 이유가 있었다. 면접 당일 30분이나 지각을 했기 때문이었다. 전날 밤, 본가인 군산에서 올라와 서울 사는 형네 집에서 잤다. 지도 앱으로 찍어보니 회사까지는 마을버스로 10분이 채 안 되는 거리였다. 여유롭게 일어나 아침부터 먹고, 서울 구경하며 가도 충분할 것 같았다. 하지만 착각이었다. 버스정류장에 한참을 서 있어도 와야 할 버스가 나타날 기미를 보이지 않았다. 버스 시간표 앱의 새로고침 버튼을 계속 눌러봐도, 도착 시간은 줄지 않았다. 오히려 늘어나기까지 했다. 이런 식이면 도착 시간이 뭔 의미가 있나. 언론인의 한 사람으로서 이 사회의 부당함을 알리고 싶었으나, 현실은 면접 지각생이었다.

5분이 지나고, 10분이 지나자 초조함은 공포감으로 번졌다. 더 이상 버스를 기다릴 수 없었다. 난 무작정 달리기 시작했다. 중간중간 길을 잃을까 휴대폰을 열어봤다. 맙소사. 부재중 전화가 2통이나 찍혀 있었다. 인사팀이었다. 전화를 걸자마자, 담당자는 나보다 더 급한 목소리로 말했다. 면접인데 대체 어디냐고, 다들 기다리는데 오긴 오는 거냐고. 그러나 회사는 아직 멀었다. 도착하려면 더 뛰어야 했다. 다 왔다고, 곧 도착한다고 말할 수 없었다. 결국 늦은 걸 인정했다. 이대로 면접 기회가 사라져도 할 수 없었다. 다행히 담당자는 내 면접 순서를 마지막으로 조정해 줄 테니 얼른 오라고 했다. 나는 그러고도 20분이 지나서야 회사에 도착했다. 발뒤꿈치에선 피가 흘러나왔고 왁스로 꼿꼿이 세운 머리는 땀에 녹아내리고 있었다.

그렇게 면접 시작부터 '지각'이라는 심각한 패널티를 받았다. 인도인 닮았다는 인신공격에도 바보같이 네, 네 할 수밖에 없었던 이유였다. 어차피 이번 면접은 망한 게 분명했다. 지각을 뛰어넘을 스펙이 있지도 않았다. 나는 면접이고 뭐고, 그저 빨리 집에 가 발뒤꿈치에 밴드나 붙였으면 소원이 없겠다 싶었다.

그 회사는 면접을 두 번이나 봤다(인신공격이나 하는 주제에). 한 번은 실무자급이었고, 두 번째는 간부급이었다. 멘탈을 추슬러 간부급 면접에서는 그래도 선방했다. 될 대로 돼라는 자포자기의 심정이었다. 취재가 아닌 편집기자로 지원한 이유에 "세상엔 저보다 글 쓰는 사람이 많아서요, 저까지 굳이 쓸 필요 있나요"라고 호기를 부렸고, 다른 회사에서 더 높은 연봉을 주면 이직하겠냐는 질문에는 "당연하죠. 제 가치를 인정해 주는 회사에 가야죠"라며 허세를 부렸다.

며칠 후 인사팀으로부터 문자를 받았다. 면접 결과는 의외로 '합격'. 하지만 이번엔 내 쪽에서 그 회사를 거부했다. 그들은 몰랐겠지. 내 기준에선 당신들의 인신공격은 '불합격' 사유라는 것을. 나를 가질 자격이 없다는 것을. 나는 인사팀에 전화해 입사를 포기했다. 이유를 묻는 말에는 "다른 곳에 합격했다"고 뻥을 쳤다.

아, 참. 내가 인도인과 닮은 게 있다면 느지막이 여유부리다 면접에 지각한 '인디언 타임'뿐이다.

난쟁이 아저씨와 오토바이 총각

"어이, 오토바이 총각! 여기야, 여기!"

반가운 목소리가 실내를 쩌렁쩌렁 울렸다. 난쟁이 아저씨였다. 아저씨는 또 전날 밤 한잔을 걸치셨는지, 벌게진 얼굴로 흐흐흐 웃고 있었다. 못 본 척 지나치려 했는데 아저씨가 이번에는 손을 흔들었다. 아휴, 참. 민망하게. 나는 사람들의 시선이 쏟아지기 전에 얼른 팬티를 벗고 냅다 샤워장으로 뛰어갔다. 안녕하세요. 난쟁이 아저씨! 이곳은 내가 다니는 수영장이다.

편집기자가 되고 오전 시간이 널널했다. 대개는 밤새 마신 술에 쓰라린 배를 붙잡고 누워 있었다. 그러다 어느 순간 강력한 후회가 밀려왔다. 술자리 멤버는 비슷비슷했고, 무한리필 안주였던 회사 욕도 질렸다. 씹어도, 씹어도 단물은커녕 쓴 물만 나왔다. 회사는 언제나 최악이었고, 더 이상 최악은 없다고 확신할 때조차, 스스로 한계를 넘은 새로운 최악을 보여줬다.

절이 싫으면 중이 떠나라고 했다. 회사 떠날 준비를 해야 했다. 그렇다고 당장은 떠날 수 없었다. 나는 이왕이면 멋지고 힙하게 떠나고 싶었다. 패배자의 쓸쓸한 뒷모습은 싫었다. 덕지덕지 안주로 쌓인 뱃살 대신 탄탄한 등 근육에 딱 달라붙는 뒤태를 꿈꿨다. 술을 줄이고 운동을 하기로 했다. 헬스장을 알아봤다. 땀에 전 옷을 매번 빨아야 하는 게 귀찮았다. 등록할까, 말까 고민하다 또 한 달이 지났다. 지켜보던 엄마가 말했다. 얘, 수영장에 다니면 빨래할 필요가 없잖니. 그녀는 역시 10년 차 '돌핀 반 에이스'였다.

나는 새벽 수영반에 등록했다. 그곳에서 난쟁이 아저씨를 처음 만났다. 키가 작아 난쟁이가 아니었다. <백설공주>에 나오는 난쟁이처럼 광대가 튀어나오고, 볼이 빨개서 붙은 별명이었다. 부끄럽지만 내가 처음 지었다. 어디 가서 제목 짓는 편집기자라고 해도 될까.

내 별명은 오토바이 총각이었다. 별다른 뜻은 없었다. 누가 지었는지도 모른다(알았다면 참 잘 지었다고 했을 텐데). 그저 오토바이를 타고 다녀서, 오토바이 총각이었다. 때에 따라 삼촌이 되기도 했다.

난쟁이 아저씨와 오토바이 총각은 꽤 괜찮은 듀오였다. 누구든 먼저 샤워실에 도착하면, 서로의 자리를 맡아줬다. 둘 다 초급반이었지만, 실력은 박태환과 쑨양의 차이였다. 고만고만했다. 오토바이 쪽이 좀 더 나았지만, 난쟁이 쪽도 나쁘지 않았다. 오토바이는 젊은 데다 바다 사나이 해병대 출신이었다. 난쟁이는 학습력이 빠르고 나머지 수영을 할 정도로 열정이 대단했다.

둘에겐 이상한 점이 있었다. 매일 그렇게 붙어 다니면서도 서로 신상을 묻지 않았다는 것이다. 일부러 그랬던 건 아니고 굳이 알 필요가 없었기 때문이었다. 그들은 수영 팬티 속 늙고 젊은 '녀석들'을 깐 사이였다. 겉으로 보이는 직업, 나이, 학벌이 뭐가 그리 중요했겠는가.

나는 난쟁이 아저씨와 매일 새벽, 꼬박 1년을 함께했다. 수영장에서는 중급반으로 승급했다. 하지만 회사에서는 여전히 꼴찌였다. 시간이 지나도 회사를 떠나고 싶었고, 그즈음 이직에 성공했다. 새로 가게 된 회사는 지금보다 근무 환경이 좋고 연봉도 높았다. 아쉬운 게 있다면 차에서 1시간 거리의 타 지역이었다는 것. 더 이상 난쟁이 아저씨와 수영장을 다닐 수 없다는 소리였다. 난쟁이, 오토바이 듀오의 준비 없는 이별이었다.

얼마 전 새로 이사 온 곳에서 수영장에 등록했다. 평일엔 강습도 듣고 주말엔 자유 수영도 한다. 그런데 그 어디에도 샤워장 미리 맡아 놨다며 손을 흔들고, 자기도 초보인 주제에 내게 팔을 더 뻗으라고 말하던 난쟁이 아저씨는 없다. 어디서 왔냐며 주소를 묻고, 나이를 묻고, 직업을 묻는 온통 키다리 아저씨들뿐이다. 나는 여전히 오토바이를 타는데, 아직도 총각인데. 여기선 아무도 나를 오토바이 총각으로 부르지 않는다.

일하긴 편하겠네요

솔직히 기분 좋다. 어깨가 절로 으쓱으쓱해진다. 그래, 돈도 없고 가오도 없지만 사람들의 관심을 끌긴 하는구나. 그럼 됐지 뭐. 내 주제에 이 정도 관심은 감지덕지야. 이상, 주변 사람들이 '기자라고요?' 물어봤을 때 나의 속마음.

근데 이것도 딱 취재기자일 때 이야기. 이제 나는 편집기자다. 사람들의 반응은 달라졌다. '기자라고요?' 그 앞에 '편집'을 붙여 '편집기자라고요?' 기자긴 기자인 것 같은데, 처음 듣는단다. 낯설단다. 왠지 '편집' 자를 붙이니 이상하단다. 하긴 나도 언론사 입사하기 전까지 그랬다. 심지어 언론사 입사를 준비할 때도 몰랐다. 기자는 전부 취재하는 거 아니었어? 응. 아니었다.

편집기자(신문사)는 대충 이런 일을 하는 사람이다.

1) 취재기자가 써온 기사를 읽고
2) 중요도에 따라 지면에 배치한 뒤
3) 기사에 맞는 제목(부제)을 짓는다.

세 가지로 나눠 구분했지만, 크게는 딱 하나다. 3번. **기사에 맞는 제목을 뽑는다**. 1번부터 3번까지의 과정은 모두 사무실에서 이뤄진다. 취재기자처럼 현장에 나갈 일이 없다. 내가 밖에 나갈 일이라고는 화장실, 커피밖에 없었다. 편집기자를 내근직, 취재기자를 외근직이라고 부르는 이유다. 언론사 성격과 규모에 따라 편집기자는 교정 교열, 사진 편집, 그래픽 디자인을 하기도 한다.

언뜻 보면 출판사 편집자와 하는 일이 비슷하다. 편집자가 원고를 다듬어 책으로 만드는 것처럼, 편집기자는 기사를 신문으로 만든다. 또 출판사에는 시, 소설, 에세이 등 작가가 있듯, 편집기자에게는 경제, 사회, 정치 등 취재기자가 있다. 그들과 수시로 연락해 의견을 교환하며, 더 나은 결과물을 뽑아내는 점도 같다.

출판사와 다른 점은 큰 소리가 더 많이 난다는 것? 일간지의 경우 매일매일 신문을 만들어야 하기 때문에 마감시간은 곧 생명줄이다. 취재기자가 기사를 빨리 안 써도 이 새끼, 저 새끼 소리가 나지만, 편집기자의 편집이 늦으면 거기에 몇 새끼는 더 튀어 나온다. 기사는 다른 것으로 바꿔 넣을 수 있는 반면, 신문 한 면을 통째로 대체할 순 없다.

만약 마감은 다가오는데 제목을 못 뽑고 있다? 편집기자는 며칠째 화장실을 못 간 사람처럼 얼굴이 어둡게 변한다. 그림자가 드리워진다. 끙끙 앓는 소리가 난다. 미친 사람처럼 시발, 시발 중얼거리는 이들도 있다.

여차저차 몇 개 단어를 썼다 지우길 수십 번. 주어를 서술어에 서술어를 주어 자리에 넣어본다. 동사를 명사로, 명사를 동사로 바꿔본다. 그래도 제목이 안 나온다? 하, 상상하기도 싫다. 수명이 팍팍 깎이는 느낌이다.

상황이 이 지경이 되면 화살은 취재기자로 향한다. 이건 전부 당최 무슨 말인지 모르게 써온 기사 탓이다. 그러나 편집기자는 그런 기사들을 가지고 한 문장의 제목으로 만들어야 한다. 훌륭한 제목이 아니라 틀리지 않는 제목을 뽑는 데 만족한다. 나중엔 내가 취재해도 이것보단 잘 쓰겠다는 근거 없는 자신감까지 생긴다. 아니, 진짜 그럴 수도 있겠는데? 내가 해도 이것보단 나을 거라고! 분노, 우울, 짜증의 감정들이 오르락내리락 롤러코스터를 탄다.

물론 취재기자도 편집기자를 욕한다. 그들은 다음날 신문을 펼쳐 제 기사가 실렸는지 먼저 확인한다. 여기도 없고 저기도 없고, 그러다 눈에 딱. 이게 뭐야! 제목으로 기사를 잘 포장해 주지는 못할망정, 내용이 생판 달라졌다고 느끼면 그들의 분노 게이지가 급상승한다. 그 제목을 누가 뽑았는지, 어떤 때보다 열심히 취재(?)해 알아낸다. 범인을 색출해 따지고 든다. 고작 열 글자도 안 되는 제목을 뽑으며 이렇게 성의 없이 일하는 게 말이 되냐, 기사를 읽기는 하는 거냐, 기본 상식도 없냐는 등등.

이러니, 대개 취재기자와 편집기자는 앙숙. 톰과 제리다. 예전 선배들의 말을 들어보면, 취재기자는 편집부에 발길도 못 들여놓았다거나, 제목에 대해 이러쿵저러쿵했다가 한 대 쥐어 박혔다는 전설적인 이야기가 전해져 온다. 또 양심 있는 취재기자들은 편집기자를 불러 술을 많이 사 먹였다고도 했다. 자신의 기사를 잘 부탁한다는 뜻에서였다고 한다(지금은 사라져 버린 아쉬운 전통).

'일하긴 편하겠네요.' 편집기자라면 자주 듣는 말이다. 사무실에 앉아 몇 자 안되는 제목을 뽑는 걸 비꼬는 말이다. 내가 얼마나 힘든지 설명하고 싶지만 꾹 참는다. 따지고 보면 틀린 말도 아니다. 그들이 말하는 편함과 내가 말하는 편함이 다를 뿐이다. 제목을 뽑는 건 불편하고 어렵지만, 내 적성이라 편하고 할 만한 것이다. 편집기자가 좋을 줄 알아 왔다가, 답답해 다시 취재로 나간 기자도 많다.

그러고 보니 나는 요즘 누가 무슨 일 하냐고 물으면 굳이 '편집'기자라고 답하지 않는다. 그냥 쉽게 기자라고 말한다. 정치인, 연예인 누구 만나 봤냐고 물어보면 난감하지만, 꿋꿋이 입을 닫고 있다. 그냥 적당히 "좋아 보이던걸요" 하고 둘러댄다. 굳이 기자에 대한 그 사람의 환상을 깨고 싶진 않다.

제목 전쟁

퇴근길이 편했던 적이 거의 없다. 쉴 틈 없이 일만 했던 것 같은데 패배감만 가득하다. 초등학교 운동회에서 열심히 달렸지만 1, 2, 3등 도장 하나 못 받고 흙먼지만 잔뜩 먹고 온 느낌이랄까. 그때보다 나은 점은 지금은 술로 그 기분을 씻어낼 수 있다는 정도다. 그것도 같이 마실 사람이 없으면 마시나 마나다. 집까지 그 우울함을 그대로 가져가야 한다. 인생에는 슬럼프가 한 번씩 찾아온다던데, 난 매일매일이 슬럼프다.

회사마다 다르겠지만, 편집기자는 보통 오후 1시 늦게는 오후 3~5시에 출근한다. 이유야 간단하다. 일찍 가봐야 할 게 없기 때문이다. 취재기자들이 기사라는 싱싱한 식재료를 잡아와야, 제목을 달고 보기 좋게 배치하는, 편집 요리를 시작할 수 있다.

훌륭한 요리사가 그렇듯, 일찍 출근해 준비하는 편집 기자들도 있다. 그러나 나는 예외다. 무조건 정시 출근이다. 1분 1초라도 더 회사에서 보낼 수 없다는 결연한 의지다. 그 시간에 유튜브 한 편이라도 더 봐야 한다. 뇌 가동 측면에도 그 편이 훨씬 생산적이다.

겨우 출근해 컴퓨터 앞에 앉으면 부지런한 취재기자들이 보낸 기사가 하나둘 보인다. 그래도 아직 괜찮다. 섣불리 일을 시작해선 곤란하다. 그건 초보들이나 하는 짓이다. 나는 루틴에 따라 바튜매, 오늘의집, 호갱노노 앱을 켠다.

앱 탐방을 마치면 일을 해볼 마음이 조금은 생긴다. 콧노래를 흥얼거리며 기사 품평을 시작한다. 이 기사는 잘 썼네, 못 썼네. 이건 또 무슨 생각으로 쓴 거야? 어라, 이건 좀 신선한데? 커피를 한잔 마시며 기사를 읽는다. 말이 좋아 품평이지 사실상 취재기자들을 뒷담하는 게 대부분이다. 원래 남 얘기가 제일 재밌다.

남의 회사 신문도 살핀다. 경쟁지, 중앙지, 경제지, 스포츠신문까지. 해석이 불가한 해외신문 말고 전부 모니터

링한다. 그러다 보면 어느새 시간이 훌쩍. 편집부에도 슬슬 압박이 온다. 취재기자는 퇴근을 준비한다.

내가 짜야 할 지면은 스포츠면이다. 그런데 기사가 넉넉지 않다. 이대로라면 한 면을 다 채울 수 없다. 초조하다. 심장이 두근거린다. 시계만 쳐다본다. 기사가 들어왔는지 '새로고침' 버튼을 계속 눌러댄다. 편집부장은 왜 이렇게 기사가 늦냐며 여기저기 전화한다. 때로는 고성이 오간다.

침착해야 한다. 그날 기사가 될 만한 이슈를 떠올려 머릿속으로 제목을 미리 써본다. 손흥민과 류현진의 SNS를 먼저 뒤진다. 선수들의 게시물을 보고 오늘 경기가, 오늘 스포츠 기사의 방향이 어떨지 가늠한다. 이렇게라도 해야 불안감이 조금은 가라앉는다. 1분이라도 일찍 기사를 봐야 1분이라도 덜 털릴 가능성을 높일 수 있다. 큰일났다. 오늘은 류와 손의 경기가 없는 날이다.

아, 제발 빨리빨리! 한국 사람의 '빨리빨리 문화'의 최극단을 본다. 그래도 기사는 여전히 들어오지 않는다. 시발, 입에서 욕이 절로 나온다. 초조함부터 시발까지가 몇 차례 반복되다가 드디어 신문에 들어갈 기사가 마감된다.

그러나 아직 방심하면 안 된다. 이제부터 시작이다. 한숨 돌릴 새도 없이 바로 편집 전쟁이 시작된다. 이걸 어떻게 비유하면 좋을까. tvN에서 방영됐던 <냉장고를 부탁해>. 편집기자들의 모습은 <냉부해> 셰프들과 똑 닮아 있다.

캐비어 같은 고급 식재료부터, 유통기한 표시도 지워져 한구석에 처박혀 있는 이름 모를 생물체까지. 들어온 기사의 퀄리티가 천차만별이다. 내용 이해 자체가 안 되는 기사가 수두룩하다. 반면 읽는 내내 이건 도대체 어떻게 취재를 한 거냐며 감탄하는 기사도 있다. 물론 대부분은 전자다.

기사가 구리든 아니든 어쨌든 그 기사들을 갖고 시간 안에 제목을 뽑아내야 한다. 마감은 목숨보다 귀하다. 헐레벌떡 기사를 넣었다 뺐다, 글씨 크기를 크게 키웠다, 줄였다, 제목을 썼다 지웠다, 주어를 앞으로 뒤로, 사진은 가로로 세로로, 위로 아래로….

인터넷 쇼핑할 땐 멀쩡했던 컴퓨터가 꼭 이럴 때 말썽이다. 녀석도 나랑 비슷한 마음인 거다. 손가락이 부족하다. 발가락으로도 마우스를 눌러야 하나 싶다가 이내 마음을 접는다. 이 순간, 화장실에 다녀오는 것은 사치다.

그러다 보면 땡땡땡. 편집 마감. 끝이란다. 미친 듯 키보드와 마우스를 두드리긴 했는데. 도대체 뭘 한 건지 모르겠다. 제목 하나 기억이 안 난다. 아니 하긴 했지. 그저 어디서 본 듯한 단어를 기계적으로 조합해 대충 휘갈겨 놓은 것.

제목이 내용과 틀리지만 않아도 다행이었다. 자책해 봤자 늦었다. 스스로 자책할 필요도 없다. 이제는 평가의 시간이다. 굳이 내가 나서지 않아도 알아서 잘근잘근 털어들 준다. 내 제목들은 사수를 시작으로 차장, 부장, 부국장, 국장, 교열부에게까지 돌아간다. 흩뿌려진다.

"이거 단어가 너무 어렵잖아."

"사진은 또 왜 이렇게 작아?"

"이 기사는 좀 크게 썼어야지."

"제목이 핵심을 잘못 짚었어."

빨간 펜으로 죽죽—. 자식과도 같은 내 제목들이 집중포화를 맞는다. 시뻘건 피를 흘리며 내 눈앞에서 스러진다. 갈기갈기 찢긴 그들을 위로할 시간조차 허락되지 않는다. 마음을 독하게 먹어야 한다. <냉부해> 셰프가 요리 중 손을 베였을지라도, 아픈 척 방송 사고를 내선 안 된다.

Delete 버튼을 눌러 제목들과 작별을 한다. 수정된 놈들을 한 자, 한 자 입력한다. 남의 손으로 태어난 녀석들이 어쩐지 낯설다. 애정이 안 간다. 곧이어 최종 저장을 누르고, 신문 인쇄를 위해 제작부에 파일을 넘긴다. 정말 끝이다. 긴장이 풀린다. 참아왔던 허리, 엉덩이, 손목 통증이 느껴진다.

퇴근 후 샤워부터 한다. 오늘 내가 뽑은 제목들을 다시 생각한다. 꼭 이럴 때 좋은 제목이, 표현들이 떠오른다. 후회가 몰려온다. 신문이 나오는 자정까지 전전긍긍하며 기다려 본다. 오탈자는 없을까, 틀리지는 않았을까, 타 신문에 비해 내 제목들은 얼마나 구릴까 생각한다.

그나마 이 전쟁통의 승자는 '독자'일 것이라고 위안을 삼는다. 이게 다 독자들에게 잘 보이려는 짓이라고 여긴다. 내가 뽑은 제목을 보고 "손흥민 월드클라스 맞는데 제목에 '위기'가 뭐임 기자가 쏘니 안티인 듯" "류현진 오늘 진짜 못 던졌는데 제목 '졌잘싸'가 말이 됨? 기자가 야알못이네"라고 댓글을 남겨도 좋다. 그건 최소한 제목이 이해는 된다는 뜻, 읽기에 큰 걸림돌 없다는 뜻이다. "이 제목은 도대체 무슨 소리지" "기자 양반, 무슨 말을 하려는지 이해가 안 되네"라는 반응만 없어도 성공이다.

제목에는 정답이 없다

아, 이 얼마나 달콤한 유혹의 말인가. 네가 뭔 제목을 뽑아도 좋으니, 하고 싶은 대로 하라며 어깨를 두드리는 것도 모자라 그 어떤 쓰레기 같은 제목이라도 괘념치 말라는 극강의 실드. 네 창의성을 마음껏 보여 달라고, 우리에겐 표현의 자유가 있다고, 일깨우는 아름다운 선악과.

회사를 이직하고 6개월이 채 안 됐을까. 아침부터 회사 분위기가 심각했다. 선배들은 물론, 부장, 국장까지 다 들 신문을 펼쳐보고 있었다. 불길한 징조였다. 하루 종일 신문을 보는 이들이 출근하자마자 앞다퉈 지난 기사를 읽고 있을 리 없다. 그건 중대한 사고가 났을 때뿐이었다. 그래도 아직 희망을 버리긴 이르다. 그 사고의 원인이 나만 아니면 됐다. 하지만 어쩐지 저들의 눈이 내 자리를 향했다. 혹시나 했더니 역시였다. 그날은 내가 입사 후 처음으로 털린 날이었다.

편집기자가 공적으로 털릴 일이라곤 크게 두 가지밖에 없다. 하나, 제목 오탈자. 둘, 틀린 제목. 보통은 전자가 가장 많다. 오탈자는 한 번 안 보이면 수십 명이 달라붙어도 귀신에 씐 것처럼 안 보일 때가 있다. 그래서 가장 흔한 실수지만, 어느 정도 면죄부가 주어지기도 한다.

문제는 '틀린 제목'이다. 말 그대로 기사 내용과는 전혀 다른 제목을 뽑았을 경우다. 이 말을 들었다는 것은 정말 무시무시한 일이 생겼다는 뜻이다. 영화 <신과 함께> 염라대왕의 형벌 지옥에 빠져도 할 말이 없다.

이건 앞서 말한 오타와는 차원이 다르다. '지방자치단체'를 '지방자지단체'라고 부르기도 민망한 실수를 해도 'LA 다저스'를 'LA 다졌으'라고 팀의 전패를 예상해도 이것보단 더하지 않다. 가령 북한에서 핵미사일을 개발했다고 치자, 그리고 갑자기 편집기자가 미쳤다고 하자. 그래서 기사 제목에 핵미사일 '개발' 대신 '발사'라고 쓴다고 하자. 상상하기도 싫지만 그럴 때나 제목이 틀렸다고 하는 것이다.

먼저 짚고 갈 것은 역시 팩트다. 내가 그날 뽑은 제목은 정말 틀렸나. 갑자기 미친 편집기자가 북한의 핵미사일 개발을 발사라고 썼을 만큼 얼토당토않은 제목이었나. 아니다. 절대 아니다. 틀린 것이라곤 내 제목이 틀렸다는 그 말뿐이다. 나 그렇게 막돼먹은 놈 아니다.

설사 내가 북한 핵미사일을 발사해도, 그 즉시 내 사수가 후다닥 달려와 내 제목을 갈기갈기 찢을 게 뻔하다. 그 이후로도 그 위의 선배, 그 위의 선배들이 우르르 달려올 것이다. 운이 나쁘면 그 새끼, 이런 제목을 뽑았다며 술자리 안줏거리가 될 가능성도 농후하다. 신문사는 만만한 곳이 아니다. 절대 그런 일이 일어날 순 없다.

그날 내 제목을 비유하자면 '인류의 희망을 꺼뜨린 북한의 작은 공'쯤 되겠다. 북한의 핵미사일 개발, 이라고 쓰는 대신 핵미사일 개발의 의의를 '인류의 희망을 꺼뜨린'이라는 감정에 빗대어 쓰고, 핵 우라늄 원자를 '작은 공'이라고 은유했다. 마감시간을 분초 앞두고 30분이나 머리를 싸매 고민한 작품이었다. 그런데 이게 틀린 제목이라니!

하지만 내가 그 때문에 털린 것도 팩트. 구체적인 이유는 이랬다. 지면의 성격과 어울리지 않는 제목이란 것.

내가 쓴 제목은 달달한 문화면에나 들어갈 제목이며, 직설적인 제목을 추구하는 회사의 스타일상 아주 불경하다고.

그러나 나는 이미 '제목에는 정답이 없다는' 선악과를 먹은 몸이었다. 도무지 이걸 이해하기가 힘들었다. 분명, 편집기자들의 산상수훈에는 제목에 정답이 없다고 했다. 내가 털린 것은 틀려서가 아니어야 했다. 다른 것을 틀리다고 해서는 안 된다. 다름과 틀림의 차이는 다른 게 아니다. 틀린 것이다. 내 제목이 틀렸다고 표현해선 안 된다.

선악과를 먹은 아담에겐 이브의 동조가 있었다. 내겐 애초에 이 제목을 통과해준 선배들이 있었다. 정말로 틀렸다면 선배들이 우선 내 제목을 고쳐줬을 게 분명하다. 그런데 신문이 다 나오고 나서야 틀렸다고? 말도 안 돼. 음모야, 음모. 도대체 왜?

나는 며칠간 샤워를 하며 화장실 타일을 주먹으로 내리쳤다. 분노였다. 나는 이 세상에서 가장 억울한 피해자였다. 누군가 '네 잘못이 아니야'라고 말해줘야 했다. 하지만 어느 누구도 내게 그런 말을 하지 않았다. '아쉽다'는 말은 애매했다. 내가 잘 뽑았는데 아쉽다는 건지, 틀린 제목을 뽑아 아쉽다는 건지 이해하기 어려웠다.

계속해서 타일을 내리쳤다. 주먹도 타일도 깨진 데 없이 무사했다는 게 흠이라면 흠이었지만, 그것은 비장한 결기였다. 나 이제는 절대 틀리지 않으리라. 당신들이 원하는 대로 내 욕망을 철저히 거세하리라, 제목엔 정답이 없다고 이를 부득부득 갈며 다짐했다.

그 이후 선배들과의 술자리였다. 쓰린 마음은 좋은 안줏거리였다. 한 잔, 두 잔, 취기는 또 왜 이리 빨리 오르는지. 내 속에 억눌려 있던 말들을 꺼냈다. 이건 내 잘못이 아니라는 걸, 알리고 싶었다. 선배들에게 대들었다. 제목에 정답이 없다면서요. 제목이 틀렸으면 고쳐줬어야죠. 아니면 내 제목이 틀리지 않았다고 말씀하셨어야죠. 그때 왜 모른 척하셨어요.

선배들은 나를 위로했다. 더러는 미안하다고, 더러는 너무 신경 쓰지 말라고 토닥였다. 그러던 중 잠자코 있던 왕선배가 말했다.

"그건 다 네 욕심이야, 인정받으려는 욕심."

아, 이 말을 듣지 말았어야 했는데. 뭔가 찔린 것처럼

'인정 욕'이라는 말이 비수가 돼 가슴에 꽂혔다. 아니야, 아니야. 난 정말 틀리지 않음을 증명하고 싶었는데, 그렇게 믿고 있었는데, 이게 다 내 욕심이라니.

선배의 말은 법륜스님의 촌철살인 같은 한마디였다. 제목에 정답이 없다는 것에만 집중하면 제목도 정답도 다 놓친다는 것. 그러니 틀리지 않는 제목을 뽑으려는 욕망마저 내려놓아라, 미련한 중생아.

하지만 아무리 큰 깨달음이라고 한들, 내 분노가 단숨에 사라지는 것은 아니었다. 나는 선배에게 다시 따져 물었다. 인정 욕이라는 것은 꼭 부정적인 측면만 있는 것이 아니지 않습니까. 생각해 보십쇼. 세상만사 다 인정받으려고 하다 보니 이렇게 발전한 거 아니겠습니까. 태어나고 처음으로 직립 보행하면 엄마가 손뼉 쳐주고, 학창 시절 시험 잘 보면 아빠가 용돈 주고, 평생 스포츠머리로 살다 파마하면 여자 친구가 뽀뽀해줬단 말입니다. 저는 인정 욕이 절대 나쁘지 않은 거라고 생각합니다.

잠자코 있던 왕선배. 중생을 깨우치려 더 적나라하게 말했다.

"야, 그럼 네가 처음부터 제목을 잘 뽑으면 되지. 사실 따지고 보면 진짜 편집 고수는 뭔지 아냐? 회사가 원하는 것도 맞추고, 네가 원하는 제목도 뽑는 거야."

빡! 나무아미타불 관세음보살.

그래, 맞는 말이었다. 선배의 말은 이랬다. 실력도 안 되는 새끼가 말만 많아서 뭐하냐고. 인정하기 싫지만 인정하지 않을 수 없었다. 제목이 틀리거나 안 틀리나 따질 시간에 그걸 뛰어넘는 제목을 뽑으면 되잖아. 내가 생각하는 최선의 제목을 뽑으며, 회사에게도 인정받을 수 있는 제목. 그것이 진정한 고수의 길일 터인데.

난 그동안 바보처럼 베스트 제목, 그것 외에는 다른 제목을 뽑아내지 못했다. 오로지 한 가지 제목만을 가지고 최선의 제목이라고 여기고 있었다. 앞으로는 질보다 양으로 승부하겠다. 한 기사에 그럴싸한 제목 5개씩 뽑아놓고 선택은 데스크에게 맡기겠다. 하나가 틀리면 또 다른 하나를 내세우겠다. 제목에는 정답이 없다고 했으니, 그 선택지를 다양하게 만들 수 있지 않은가. 누가 뭐라든

아예 판을 깔고 덤빌 것이다. 어이 선배님들, 제목에는 정답이 없답니다.

당장은 비겁해 보여도 이것 말고는 윗사람들에게 개길 비책이 없다. 그 외에는 내가 사장이 되는 방법뿐이다. 이제껏 내가 겪은 바로는 그렇다.

화가 날 땐 화장실로!

퇴근 후 술자리였다. 나잇대가 비슷한 회사 선배들과 모였다. 부어라, 마셔라 얼마나 취했을까. 최고참 선배가 입을 열었다.

"너, 요즘 성의가 없더라?"

내 제목이 별로라는 뜻이었다. 술맛이 확 달아났다. 억울하진 않았다. 회사를 이직하고 해를 넘기며 꽤 적응했던 터. 제목을 가능한 빨리 뽑고 인터넷 쇼핑을 했다. 사무실에서는 노래를 흥얼거리며 여유를 부렸다. 출근하자마자 퇴근을, 달달한 알코올 맛을 떠올렸다. 내가 봐도 일을 대충 하긴 했다.

그걸 잘 아는데도 괜히 화가 솟구쳤다. 남의 입으로 들으니 더 기분이 나빴다. 있잖나, 부모가 남 앞에서 자식 욕해도, 막상 남이 내 새끼 욕하면 못 참는 것처럼.

나는 벌떡 일어나, 술잔을 내리치고, 고함을 지르며, 이렇게 말했다.

"선배도 요새 편하게 하시던데요!"

물론 겉으로 말고 속으로. 할 수 있는 복수라곤 선배 술잔에 소주를 가득 채우는 것뿐이었다. 다음 날 선배의 속이 뒤집히길 바라면서.

집에 와 애꿎은 화장실 벽을 주먹으로 내리쳤다. 고장 난 샤워기처럼 내 멘탈이 이리저리 흔들렸다. 분노가 조금씩 가라앉는 듯 했다. 그러나 화장실에서 나오면 다시 화가 났다. 생각해 보니 어이가 없네. 지가 선배면 다야? 깔 게 있으면 회사에서 말해야지. 술자리에서 꼭 그렇게 말해야만 했냐?

두고 봐라. 내 본때를 보여주겠다. 나는 다짐했다. 이 세상에 없는, 누구도 넘어설 수 없는 제목을 달겠다. <드

래곤볼>의 손오공이 원기옥을 모으는 것처럼 내 모든 영혼을 끌어 담아 필살 제목을 뽑으리라. 매달 좋은 제목을 뽑는 기자에게 주는 '이달의 편집상'을 반드시 받겠노라. 수상 후 누군가 묻거든, "그냥 성의 없이 뽑았는데요"라고 소감까지 준비해뒀다.

그렇게 복수를 불태웠다. 제목을 뽑고 또 뽑았다. 그러나 내 복수는 달이 바뀌도록 이뤄지지 않았다. 이달의 편집상은커녕 저 달의 병신미를 드러내는 제목만 열심히 뽑아댔다. 이 세상에 없는 제목이 아니라, 없어져야 할 제목, 넘어설 수 없는 제목이 아니라, 스스로 자빠져 일어설 수 없는 제목들이었다.

그런데 이상했다. 나를 까던 그 선배, 술자리 이후 말이 통 없었다. 내 제목에 대해 왈가왈부하지 않았다. 그새 내 실력이 좋아질 리 없었다. 오히려 실수가 더 많았다. 왜지? 그 사이 술자리에서 날 까던 걸 반성했나? 내 제목에 대해 묻지도 따지지도 않잖아?

나중에야 알게 됐다. 나, 그날 술에 취해 지겹도록 말했다고. 회사에서도 엄청 티 내고 다녔다고. 그렇다고 내가 일부러 어깨를 축 늘어뜨리거나, 입을 쭉 내밀고 삐진 사람처럼 굴진 않았다. 그저 선배에게 이렇게 물어보기만 했지.

"이제 좀 성의가 좀 있나요?"

"근데 성의 있는 제목이 대체 뭐예요?"

성의, 성의, 성의에 관하여. 지속적이고 반복적으로. 그러니까 선배는 더럽고 치사해 나와 말 자체를 섞질 않는 것이었다. 나란 인간, 역시 좋은 성격은 못 된다. 싫은 소리를 들으면 그 사람, 그 말을 하루 종일 떠올린다. 스스로도 지겹도록 계속해서.

물론 강한 사람에게는 싫은 티도 안 낸다. 약한 자, 만만한 자, 그나마 편한 사람들에게만 이리도 못되게 군다. 그들에게 나는 언제나 무결하고 순수한 피해자가 된다. 그 선배의 말을 빌리면 '나만 존나 잘난 놈'이다.

회사뿐 아니라 가족에게도 그렇다. 더하면 더했지 모자라지 않았다. 한 달에 한 번 꼴로 우리 집은 삼겹살 파티를 연다. 아빠는 가장답게 30년째 고기 굽기 전담이다. 내가 삼겹살을 먹게 된 5살부터 그래 왔다. 그러던 어느 날,

아빠가 울컥하며 말했다.

"야, 내가 이 나이 먹도록 고기를 구워야겠냐?"

나이가 들어 손이 저렸나. 요즘 골프 배운다더니 손목에 힘이 없나. 삼겹살을 몇 번 뒤집지도 않았는데, 갑자기 왜 난리지. 나는 또 예민해졌다. 아빠의 울컥을 이해할 수 없었다. 삼겹살을 더 먹고 싶었지만, 젓가락을 탁 내려놓았다. 더 이상 먹고 마시기를 거부했다. 그뿐이랴. 명색이 삼겹살 파티다. 대화와 사교의 장이 돼야 할 자리에서 말하기를 거부했다. 입을 굳게 닫았다. 파티가 끝나도록 침묵을 지켰다. 그 이후 몇 달간 집에도 안 갔다.

"예예, 아버지 고기 집게를 이리 주시지요, 그 집게가 집안 대대로 내려오는 가장의 권위이자 상징인 줄 알고, 감히 제가 물려받을 생각조차 못했습니다"라며 군말 없이 아빠의 대업을 물려받았어야 했나.

모르겠다. 하지만 이렇게 살다간 안 그래도 없는 친구가 더 없어질 게 확실하다. 회사에선 어떻든 욕을 먹으니 어쩔 수 없다. 그러나 혈연으로 묶인 가족에게마저 외면 받을 순 없다.

내가 그나마 할 수 있는 것은 화장실에 가서 벽을 내리치는 일. 그러니 화가 나면 일단 화장실부터 찾기로 하자. 남들 앞에서 화난 티, 삐진 티 팍팍 내다 홀로 남고 싶지 않다면 습관적으로 때맞춰 가도록 하자. 쿵쿵 소리에 맞춰 분노의 배설물을 변기 속으로 시원하게 내려버리자. 마음이 조금 가라앉거든 화장실 문을 활짝 열고 나오자. 이 세상 어떤 싫은 소리도 다 받아들이겠다는 관대한 표정으로. 방긋 웃으며.

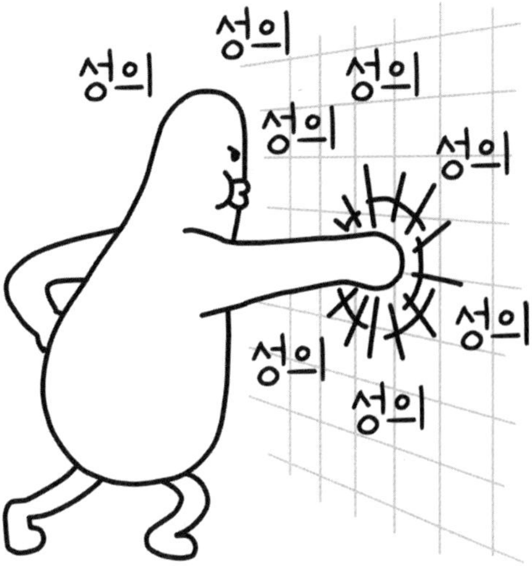
성의
성의
성의
성의
성의
성의
성의
성의

기레기였던 내 업보지 뭘

도대체 몇 번째인지 모르겠다. 지긋지긋한 벨 소리. 심호흡과 함께 수화기를 든다.

"네 OO일보입니다."

"야 이, 개새끼야!"

언제나 그렇듯 욕설이 쏟아진다. 안다고요, 안다고요. 선생님, 억울하고 힘드신 거 알겠는데. 그렇다고 이렇게 다짜고짜 욕해도 되는 거예요? 내가 무슨 선생님의 감정 쓰레기통입니까? 진짜 한번만 더 전화해 봐라!

요즘 내 스트레스의 근원은, 선배들의 갈굼도 아니고, 후배들의 꼰대 소리도 아니고, 더럽게 맛없는 회사 구내식당 점심 메뉴도 아니다. 그것은 바로 회사에 걸려 오는 제보 전화. 이놈의 전화는 어찌할 도리가 없다. 제보가 들어오는 것까진 좋다. 그래, 기자들도 매번 밖에서 취잿거리를 물고 올 수도 없는 노릇. 오히려 감사한 일이다. 근데, 이건 해도 해도 너무하다. 제보를 빙자해 기자에게 화풀이하고 싶은 거다. 애초에 대화할 생각도 없이, 그냥 욕이나 내뱉고 싶은 거다.

얼마 전 한 어르신의 전화를 받았다.

"야, 이 기레기 새끼야, 니들은 밥 처먹고 할 짓이 그렇게 없냐?"

"네? 무슨 말씀이시죠?"

"내가 전화를 이제껏 몇 번이나 했는데, 취재도 안 하고 개새끼들…."

"제보 전화이신가요?"

"제보는 무슨, 니들은 그냥 순 다 사기꾼들이여, 사기꾼. 미친놈의 새끼들."

수화기를 든 지 5분도 안 된 상황이었다. 나는 그새

욕을 한 바가지나 얻어먹었다. 어르신의 사정은 이랬다. 그는 50년째 농사를 짓고 있다, 그러던 중 천문학적인(?) 돈을 들여 발명품 하나를 만들었다, 이것이야말로 한국 농업계의 한 획을 그을 위대한 유산이다, 그러니 기자들이 당장 내게 달려와 취재하고 사진도 찍어 이 업적을 널리 알려 달라. 또 굳이 필요하진 않지만 가능하다면, 이러한 공로를 인정해 정부에서 훈장, 아니면 지자체 지원금을 얻어낼 방법을 일러 달라.

음. 그래, 그럴 수 있었다. 이해한다. 나도 언젠가 '무한동력' 같은 기계를 만들면 누가 말하지 않아도 여기저기 제보할 거다. 동네방네 자랑하고 현수막도 붙이고, 마을 어귀에 기계를 전시해 입장료도 받을 거다. 그러나 이 모든 것은 내가 진짜로 그걸 만들었을 때나 가능한 이야기다. 다시 말해 어르신의 제보는 사실 여부가 가장 중요했다. 사실이라면 당연히 기사가 될 수도 있다. 타사와 취재 경쟁을 했으면 했지, 제보 전화를 거부할 리가 없다.

나는 곧장 담당 취재기자한테 이 소식을 전했다. "저기요! 지금 제가 무슨 소식을 들었냐면." 내 말을 듣던 기자는 고개를 절레절레 흔들었다. 제보 내용을 제대로 듣지도 않고 나를 돌려보냈다. 알고 보니 그 어르신, 오래전부터 우리 회사 전화 블랙리스트였다. 잊을 만하면 전화해 그렇게 욕을 했고, 취재를 갈 테니 주소를 알려 달라고 하면 묵묵부답이었단다. 실제로 그 발명품을 본 사람은 아무도 없다고. 그러니 크게 신경 쓰지 말란다.

아, 위대한 발명품이라길래 약간은 흥분했는데…. 그 다음부터는 어르신의 제보가 귀에 들어오지 않았다. 전화가 오면 최대한 정중하게 끊는 게 최우선 목표가 됐다. 그래도 언론사에 애정을 갖고 전화해 주셨으니 예절을 지키는 건 당연했다. 그러나 어르신의 욕설은 여전했다. 호의가 계속되면 권리가 된다더니, 이건 권리를 넘어 악의에 이르렀다. 내 정중한 태도를 무참히 짓밟았다. 그 특유의 쇳소리로 쌍욕만 아주 맛깔나게 퍼부었다.

통화 시간도 기본 30분 이상이었다. 끊으려고 별의별 짓을 해봤자 소용없었다. 애초에 이건 커뮤니케이션을 위한 통화가 아니었다. 나는 그냥 전화기를 붙들고 하염없이 어르신이 내주는 욕을 받아먹는 쓰레기통이었다. 니들이 그러면 안 된다, 내가 이걸 만드느라 얼마나 고생했는데, 니들은 아무것도 모르는 무식한 놈들이고, 나는 다

망하게 생겼다는 등. 통화가 길어질수록 발명품 이야기는 사라졌다. 대신 본인의 험난한 인생사를 줄줄이 늘어놓으셨다.

내 귀가 벌게지고, 땀으로 축축해질 때야 전화를 끊었다. 아니 끊겼다는 게 맞겠다. 어르신은 욕을 하다 하다 지쳐 더 할 말이 없어질 때쯤, 갑자기 툭 하고 전화를 끊었다. 나는 그렇게 6개월이 넘도록 어르신의 전화에 시달렸다. 나중에는 회사 내 전화벨만 울려도 덜컥 겁이 나는 지경에 이르렀다.

선배들은 그런 내게 그냥 전화를 끊어 버리라고 했다. 전화 건 사람의 태도가 나쁜데, 굳이 정중하게 대해 줄 필요가 없다는 논리였다. 맞는 소리였다. 나도 진작에 그러고 싶었다. 극강의 호구인 나조차도, 이런 건 도저히 참을 수 없었다. 내가 잘못한 것도 없는데, 왜? 그런데 이상하리만큼 중도에 전화를 끊을 수가 없었다.

인턴기자 시절, 밤새 전화 테러에 시달린 적이 있다. 당시 우후죽순 늘어나는 희귀동물 카페에 대한 고발 기사를 쓰고 있었다. 동물권은 제대로 지켜지고 있는지, 혹시 위생상 관리가 부족해 사람이나 동물이나 병에 노출되지 않을까 하는 우려였다.

서울의 한 카페에 전화를 걸었다. 나는 사장에게 사람들이 카페에 얼마나 찾는지, 많다면 그 인기 배경을 물었다. 비판하기 전에 기사는 우선 카페 수요가 늘고 있다는 세태를 보여줘야 했다. 문제는 취재 의도를 묻는 카페 사장의 말에 내가 솔직하지 못했다는 점이었다. 그저 '가볍게 소개'하려는 목적이라고 말했다.

위생환경이나, 동물권 문제에 대한 내용이 들어갈 수 있다는 걸 고지했어야 했다. 하지만 말하지 못했다. 아니 안 했다. 핑계를 대자면 나는 그때 고작 2주밖에 안됐던 인턴기자였다는 것. 취재 방법이나 언론 윤리를 배울 새가 없었다. 그러나 진짜 문제는 두려움 때문이었다. 사실대로 취재 의도를 말하면 인터뷰를 거절당할 것 같은 두려움, 선배들에게 혼날 것 같은 두려움, 회사에서 인정받지 못하고 낙오할 것이라는 두려움이었다.

기사가 올라오자마자, 카페를 공격하는 악플로 도배됐다. 그 카페가 어디냐, 사장을 죽이겠다는 등 욕설이 난무했다. 곧이어 카페 사장으로부터 전화를 받았다. 인터넷을 통해 파악한 내 학교, 나이, 얼굴 등 신상 정보를 갖고 협박했다. 독자들이 죽이겠다는 사장은 이제 나를 죽이겠다고 했다. 아침부터 새벽까지 5분 간격으로 전화 폭탄에 시달렸다. 전화를 받지 않으면, 타인의 휴대폰으로 전화를 걸고, 욕을 퍼부었다.

그 이후로 나는 전화 공포증이 생겼다. 전화기만 붙잡으면 괜히 식은땀이 줄줄 흘렀다. 선배들이 취재원들의 전화번호를 알려주며 지시를 내려도 한참을 망설이고 망설이다 겨우 전화를 걸었다. 덜덜 떨리는 목소리로, 내가 무슨 말을 하는지도 몰랐다.

하지만 그것도 다 취재기자일 때 이야기. 편집기자가 되고 나선 다 끝난 줄 알았다. 제보 전화를 받아 주기만 하면 됐다. 내가 잘못할 일이 없으므로 겁먹을 필요도 없었다. 그런데 여전히 악성 제보 전화를 받고 "예, 예" 하며 한참을 듣고 있다. 끊을 수가 없다. 분명 분풀이용으로 전화를 건 게 명백한데도 그렇다.

그저 전화기를 툭, 끊으면 되는데. 선배들도 다 그렇게 하는데. 나 말고 다른 사람이 전화를 받도록 그냥 내버려 두어도 되는데. 나는 그게 참 어려웠다. 왠지 모르게 불편해 끊을 수 없었다. 나중에는 가당치 않은 합리화까지 했다. 그중에는 정말 억울한 사연이 있을 줄도 몰라, 현장을 가기 전까지 섣부르게 판단하면 안 된다고.

아, 대체 난 왜 그럴까. 나는 정녕 거절도 못 하는 호구인가. 내 고민을 듣던 한 친구가 말했다. 인생에서 이해하기 어려운 건 대부분 과거의 인연과 상관이 있다고. 불교에선 그걸 '업보'라고 한다고 했다. 그러니까 친구 말에 따르면 내가 전화를 끊는 걸 불편해하는 것은 희귀동물카페 기사에 대한 업보였다.

나는 지금 그 벌을 받는 것이었다. 내가 전화로 남을 억울하게 했으니, 전화로 그 억울함을 돌려받는 것이다. 그리고 그게 사실이든 아니든 그건 중요하지 않았다. 내 업보라고 생각하면 신기하게도 마음이 나아졌다. 스트레스가 조금은 줄어들었다.

요즘 세상을 분노 사회라고 한다. 다들 저마다의 이유로 화가 나 있다. 신문사에 전화해 화풀이 상대를 찾는 이들도 점점 많아졌다. 자신의 기분이 나쁘면 나쁜 대로, 내키는 대로 희생양을 찾는다. 그래, 이건 다 기자들이 잘못해서야. 기레기, 기더기 말이 나오는 게 별거겠어. 다들 억울하고 분통해서, 하소연할 데가 없어서 여기까지 전화

한 거지. 내가 기사를 잘 쓰고 제목을 잘 뽑으면 악성 전화도 사라질 거야. 그렇게 근거 없는 희망을 품는 수밖에.

꿈꾸기 싫어요

아, 진짜 출근하기 싫다. 침대 위에서 몸을 웅크려 고양이 자세를 취한다. 출근 전 숭고한 의식이다. 주의사항은 간단하다. 이불 속 온기를 유지하면서도 다시 잠이 들지 않아야 한다. 오전 7시 30분부터, 32분, 34분, 36분, 라스트 38분. 마지막 알람까지 모두 소진했다. 더는 안 된다. 이젠 일어나야 한다.

전날 야근도 없었고, 새벽이 다 되도록 유튜브를 보지도 않았다. 아침이 이렇게나 힘겨운 이유는 다름 아닌 꿈 때문이다. 나는 매일 같이 꿈을 꾼다. 주로 공포, 액션, 미스터리 장르다. 로맨스도 있지만 극히 일부다. 어쩌다 꿈속 그녀와 사랑에 빠지려 하면, 결정적 순간에 일이 꼬인다. 저 멀리 떠나는 그녀를 쫓다 아쉬움만 가득 남기고 잠에서 깬다.

꿈의 스토리는 스펙터클하다. 지루할 틈이 없다. 기억이 생생하다. 꿈을 영상으로 만드는 기술이 있다면, 나는 분명 천만 관객 감독이다. 대통령 선거 하루 전 꿈을 꾼 적 있다. 나는 꿈에서 유력 대통령 후보의 경호원이었다. 개연성이라곤 하나도 없었지만, 갑자기 총격 사건이 벌어졌고, 그를 대신해 날아오는 총알을 맞았다.

그날 아침 일어나자마자 로또를 샀다. 그리고 오후에는 내가 목숨을 구해준 후보가 대통령이 됐다. 모든 게 순조롭게 흘러갔다. 로또 당첨을 위한 최적의 조건이었다. 혹 부정이 탈까 내 꿈을 어떤 누구에게도 말하지 않았다. 하지만 5,000원짜리는 고사하고, 번호 한 개도 안 맞았다. 전날 밤 총알을 맞느라, 피로만 한가득 쌓였지.

한약, 침, 명상, 아로마까지 숙면을 위해 별짓을 다 해봤다. 전부 실패했다. 최근엔 '해외에서 난리 난 숙면 방법'이라는 유튜브 영상을 보고 실행에 옮겼다. 잠들기 전 살면서 가장 행복했던 기억을 떠올리란다. 성공만 하면 수면 시간과 관계없이 개운하게 일어날 수 있단다. 엄청난 비책은 아니었지만, 할 만해 보였다. 댓글 창에는 전 세계인들의 꿀잠 리뷰가 줄줄이 달려 있었다. 나도 정말 따라 하기만 하면 그들처럼 잘 자고, 잘 일어날 수 있을까.

결론부터 말하면 역시 실패였다. 일단 행복한 기억을 떠올리는 것부터 문제였다. 어릴 적 크리스마스 선물로 로보캅과 RC카를 선물받았다. 이 두 기억 중 뭐가 더 좋았지? 로보캅이 더 좋았던 것 같긴 한데…. RC카는 초등학교 고학년 때였다. 그런데 이건 내가 아빠한테 떼쓰다 받은 거다. 울며불며, 진상 부리며. 엄밀히 말하면 진정한 행복은 아니었다. 로보캅이냐, RC카냐. 고민하다 잠을 못 잤다.

일주일이나 훈련했지만 소용이 없었다. 내 패턴은 한결같았다. 살면서 '행복했다'고 말할 기억이 별로 없고, 겨우 찾아낸들, 생생하게 떠오르지 않았다. 그걸 찾는 사이 오히려 잠이 더 달아날 뿐이었다. 멀뚱멀뚱 천장만 보고 습관처럼 유튜브만 들락거리다 겨우 잠이 들었다. 그리고 다시 꿈 파티가 시작됐다. 이 과정에서 달라진 건 유튜브 영상뿐이었다.

바이오리듬을 맹신하는 내게 잠은 찐 보약이다. 내 인생뿐 아니라, 회사에서도 능률이 오를 게 확실하다. 아침만 딱 개운하면 인생이 행복할 것 같은데 그게 쉽지 않다. 그나마 만취해 잠든 다음 날 컨디션이 좋았다. 술을 마시면 적어도 꿈을 꾸지 않았으니까. 술 취한 티는커녕, 피부 좋아졌다는 말을 들었다.

그렇다고 매일 술에 취해 잠들 수 없는 노릇. 나는 혼술을 극도로 싫어해 반드시 누군가와 함께 마셔야 한다. 하지만 현실적으로 쉽지 않은 일이다. 건강은 물론 내 지갑이 탈탈 털릴 게 빤했다. 게다가 술을 적당히 찔끔찔끔 마시면 숙면 효과도 없었다. 최소한 필름이 끊길 정도로 마셔야 했다. 그렇지 않으면 각성이라는 무시무시한 재앙을 불러올 뿐이었다.

뭐가 문제일까. 이제껏 내린 결론은, 전부 엄마 탓이다. 지독한 유전이었다. 엄마는 밤새 거실, 안방, 부엌을 왔다 갔다 한다. 왜? 잠이 잘 안 와서. 어쩌다 잠이 들면 나처럼 각종 잡다한 꿈에 시달리느라 아침엔 혼이 빠진 모습이다. 장르는 물어본 적이 없지만, 로맨스가 아닌 것은 분명했다. 엄마는 낮에는 종일 피곤한 얼굴로 돌아다니다 오후쯤 지쳐 쓰러져 잠이 든다. 하지만 오후의 토막잠은 또다시 밤에 잠 못 들게 한다. 운 좋게 자더라도 침대에 눕자마자 시작되는 아빠의 코골이에 다시 깨고 만다.

별안간 엄마와 내가 대낮보다 새벽에 더 자주 마주치는 것도 그 때문이다. 우리 모자는 어디서 잠이 잘 올까, 어떤 자세로 누우면 꿈을 꾸지 않을까, 어떻게 하면 굶주린 좀비처럼 밤새 집안을 돌아다니지 않을까. 나보다 30년을 더 좀비로 산 엄마의 말에 따르면 딱히 해결책은 없었다. "네가 하는 짓은 다 헛수고"라며 이제는 그만 좀비의 삶을 받아들여야 한단다.

국제 뉴스를 보면 기상천외한 연구가 많다. '몸에 점이 많은 인간이 수명이 길다' '아플 때 욕을 하면 덜 아프다' '술 마시면 이성이 더 예뻐 보인다' 등등. 아무리 생각해도 저런 걸 연구해서 노벨상을 탈 리는 만무한데, 왜 저럴까 싶다가도 기업에서 연구 후원비를 받는다니, 이해를 못 할 바도 아니다. 그러면 점이 많아야 좋다는 연구는 어떤 기업에게 지원을 받지? 내추럴 컨셉의 자연주의 화장품 기업? 잘 모르겠다. 욕하면 덜 아프다는 연구는 인간에게서 나오는 모든 언어는 자유로워야 한다는 자유언어해방단체? 이 역시 모르겠다.

나는 연구자들이 꼭 꿈과 유전의 상관관계를 밝혀냈으면 좋겠다. 꿈 잘 꾸는 유전자가 있고, 공포, 스릴러, 미스터리, 로맨스 장르를 꾸는 유전자가 있고…. 아니다, 차라리 불치의 병으로 판명하길 바란다. 그러면 팔자려니 하고 숙면의 삶을 포기하고 조용히 살겠다. 애먼 데 돈 안 쓰고, 술 먹고 잠드는 일에 전념하겠다.

이 글을 쓰며 꿈과 유전자의 상관관계에 대해 찾아봤다. 있긴 있단다. '악몽 잘 꾸는 유전자'. 그런데 발견만 했지, 치료법은 없었다. 첨단과학 시대에 그 유전자만 도려내거나, 약물로 기능을 마비시킬 순 없단 말인가. 하기야 유전자 자체를 발견한 것도 대단하다. 엄마 말대로 내 욕심이지. 차라리 모른 채로 살걸.

아, 그래도 연구자들이여. 부디 그대들은 포기하지 마시길. 끝까지 욕심을 내 반드시 치료법을 알아내시길. 제가 후원금은 못 드리지만, 아침마다 고양이 자세로 기도할게요. 부자 되시라고.

기자의 글쓰기는 없다

세상에 쌔고 쌘 게 기자다. 이 좁은 땅 덩어리에 무슨 기자가 이리도 많은지, ~일보, ~신보, ~신문, ~경제, ~뉴스만 붙이면 묻지도 따지지도 않고 언론사가 되고, 기자가 된다. 요즘은 시사 유튜버들도 스스로를 기자라고 부른다. 이제는 정말 누구나 기자다.

글쓰기 시장을 보라. 글 잘 쓰는 사람은 차고 넘친다. 기자가 아무리 종잇밥을 먹고 산다 해도, 글 쓰는 최전선에 있다고 할지라도, 딱히 내세울 게 못된다. 학교뿐 아니라, 회사에서도 글쓰기의 중요성이 높아진 건 이미 오래 전 이야기.

네이버 블로그, 카카오 브런치 등 글쓰기 플랫폼들이 널려 있다. 이들 플랫폼에는 출판사들이 두 손 들고 맞이

할 재야의 글쓰기 고수들이 널려 있다. 독립출판물로 출판사를 뛰어넘은 대박 매출을 기록했다는 신화도 일상이 되었다. 다시 말해 글쟁이로서의 기자 또한 이제 더 이상 메리트가 없다. 기자는 그래도 종일 수십 개의 기사를 쓰는데 조금은 자랑할 만한 것 아니냐고 반문해도 글쎄.

서평 전문 매체에서 스치듯 일했던 적이 있다. 그곳의 기자들은 매일 적게는 다섯 꼭지, 많게는 열 꼭지의 서평 기사를 썼다. 수십 권의 서평을 단 몇 분 만에 써내는 기술이 있었는데, 책을 읽지도 않고 표지와 목차만 보면 충분했다. 주제, 내용, 교훈은 물론 책의 시사점, 감상 포인트, 나아가 함께 읽으면 좋을 책까지 줄줄 뽑아냈다. 흡사 <영재 발굴단>의 속독 천재들 같았다.

나는 무작정 1쪽부터 읽어 내려갔다. 당연히 하루에 한 꼭지를 쓸까 말까. 마감시간이 되면 데스크는 얼마나 썼냐고 쪼아 댔다. 덩달아 마음이 급해져 종이 날에 손을 베이길 여러 번이었다. 말 그대로 피와 땀으로 읽었지만 속도는 제자리걸음이었다. 퇴근 즈음엔 내가 뭘 읽었는지, 아니 뭘 썼는지도 기억이 나질 않았다.

다행히(?) 며칠이 지나도록 내 실력은 바닥이었다. 서평기자로서 가망이 보이지 않았다. 결국 출근 4일 만에 회사를 그만뒀다. 내 경력 중 최단 근무 기록이었다. 그래도 소득은 있었다. 회사를 떠나기 전 한 선배와 점심을 먹으며 그들의 글쓰기 비법을 전해 들었다. 어찌 책을 안 보고 기사를 쓸 수 있으며, 속도가 그리도 빨랐는지.

출판사 보도자료를 그대로 쓰거나
다른 언론사 기사를 가져다 쓰거나

베껴 쓰기, 받아쓰기. 그게 다였다. 서평 기사라면 당연하게도 책 보며 쓰는 것이라 생각했는데 큰 오산이었다. 다른 종류의 기사들도 마찬가지였다. 쓰는 법은 간단했다. 행정기관, 관공서, 기업, 경제, 시민단체 등에서 '수신 요망, 보도 좀 해주세요, 기자님'이라고 보내는 보도자료를 조금만 고쳐 쓰면 됐다.

이렇게 만들어진 기사는 또 다른 기자가 베껴 쓰고, 받아썼다. 포털에 줄줄이 꼬리를 무는 비슷한 제목의 기사들은 전부 다 이렇게 만들어진 것이었다. 심할 때는 수십 개의 매체가 오타까지 똑같이 내보냈다. 회사마다 정도의 차이만 있을 뿐, 대부분 그랬다. 뉴스 포털을 보면 지금도 수많은 기자들이 그렇게 생활하고 있는 것으로 보인다. 굳이 말하지 않아도 독자들이 더 잘 아시려나.

이유야 간단하다. 광고를 주요 수입원으로 하는 언론사 사정 때문이다. 광고(돈)를 따기 위해선, 광고주(출입처)가 원하는 기사를 써주면 된다. 기사의 방향과 내용은 이미 정해져 있다. 팩트는 그리 중요하지 않다.

그렇다고 기자 개개인의 역량을 탓하거나 희생을 요구할 수 없다. 그들도 일개 언론사라는 기업에 종속된 회사원에 불과하다. 언론사 입사 시험을 갓 통과한 수습기자가 가장 글을 잘 쓴다는 우스갯소리도 과언이 아니다. 그들은 아직 때 묻지 않았으니까.

이쯤 되면 기자는 정말 글을 쓰기는 할까, 아니 글을 쓰는 게 가능할까, 라는 의문이 든다. 베껴 쓰고 받아쓰는 글을 제외하면 그들이 광고주의 압박에서 자유롭게 쓸 수 있는 글은 얼마 되지 않는다. 가뭄에 콩 나듯 있긴 하지만, 이마저도 지속적이진 않다. 기사가 한번 나가면 이해관계가 얽힌 이들로부터 수많은 회유와 압박이 들어온다. 이런 상황에서 기자의 글쓰기는 제대로 이뤄질 수 없다.

사실 제대로 된 기사더라도 '기사 쓰기' 자체가 글쓰기에 큰 도움이 되는 것 같지도 않다. 기사의 특성만 보면 리드는 어떻고, 역피라미드식 구성을 해야 하고, 이런 것들은 책에서나 나오는 내용이고. 의견 기사, 해설 기사, 사실 기사 등 종류가 많지만 결국 하나다. 핵심은 '사실'. 쉽게 말해 기사는 사실을 알기 쉽게 쓰면 충분한 글이다.

기본적으로 개개인의 '글빨'이 드러나기 어렵다는 소리다. 오히려 죽여야 한다. 에세이나 소설 같은 대중적 글쓰기와는 거리가 멀다. 사실을 위한 논리를 구축하고 효율적으로 전달하고자 수식어를 최소화해야 한다. 주어진 논제에 정답을 풀어내는 논술 시험과 유사하다.

기사를 잘 쓰는 이들이 다른 글에선 두각을 드러내지 못하는 이유이기도 하다. 간혹 예외도 있긴 하지만, 그들은 애초에 타고났거나, 남몰래 글쓰기 연습을 하는 사람들이다. 시 「입 속의 검은 잎」으로 잘 알려진 기형도 시인도 한때 신문기자였다. 문학계의 한 획을 그은 그였지만 당시에는 데스크들에게 글 못 쓴다고 욕을 엄청 먹었다고 한다. 조심스럽지만 그가 절명한 이유도 그러한 스트레스가 원인이었다는 이야기도 들었다.

아무튼 기자들의 글쓰기는 광고에 의존하는 언론사 사정상 존재하기 힘들고, 있더라도 역시 지속 가능하기 어려우며, 대중적 글쓰기라는 작법 관점에서 봐도 크게 메리트가 없다는 결론.

요즘은 기자 출신들의 글쓰기 관련 책이 많다. 기사를 소재로 글쓰기 방법을 일러주는데, 나는 꽤나 부정적이다. 엄청난 판매고를 기록하며 성공한 책도 못 봤다. 기자에게 불신이 가득한 시대, 독자들은 우리가 뛰어난 글쟁이라고 생각하지 않는다. 사실 훌륭한 기자라고 칭송받는 이들은 휘황찬란한 문장과 글솜씨가 아닌, 수많은 어려움 속에서도 건져낸 한 문장의 사실 덕이다. 진정 독자들이 보고픈 것은 기자의 글이 아닌 기자가 기록한 진실이다.

기렉시트

이번 달 선배 한 명이 퇴사했다, 다음 달 후배 한 명이 입사했다, 다다음 달 선배 한 명이 퇴사했다. 그 다다다음 달 후배 한 명이 입사했다…. 무한대로 반복되는 입사와 퇴사의 고리, A 회사에 있는 동안 기자들은 나가면 들어오고, 들어오면 나갔다. 나중엔 이 기자가 회사에 다녔던가, 그만뒀던가 헷갈리기까지 했다. 신문을 펼쳐 그 기자의 바이라인(신문에서 기자의 이름을 밝힌 줄)을 찾아봤다. 아, 결국 퇴사했구나.

A 회사에 편집기자로 입사한 지 얼마 안 됐을 때다. 또각또각 구둣발 소리가 점점 가까워지더니 또각, 내 자리에 멈춰 섰다. "반갑다, 회사 잘 부탁한다!" 누군가 걸걸한 목소리로 악수를 건넸다. 취재부 선배였다. 그는 자신

감 넘치는 표정으로 날 쳐다봤다.

당황스러웠다. 평소 취재기자가 편집부에 올 일이 거의 없다. 업무 특성상 두 부서의 관계는 그리 달가운 사이가 아니다. 편집기자를 보는 취재기자의 속마음이 "오후에 출근해서 종일 사무실에 앉아 있는데, 제목이 뭐 이따위야"라면, 취재기자를 보는 편집기자의 속마음은 "매일 밖에서 시간 때우다 들어오면서, 기사가 뭐 이따위야"라는 마음이다. 사이 좋은 경우도 있을 테지만, 서로의 부서에 왔다 갔다 할 정도는 아니다. 그러니 취재부 선배가 온 건 무슨 특별한 이유가 있어서였다. 하지만 아무 일도 없었다. 선배는 정말 날 보러 온 것이었다. 편집부에 까마득한 후배 하나가 입사했다고, 친히 적의 소굴에 온 것이었다.

게다가 무려 '회사를 잘 부탁한다'는 인사말이라니. 이제껏 수많은 부탁을 들으며 살았지만, 나는 회사에서, 그것도 본인이 아닌 회사를 잘 부탁한다는 말을 생전 처음 들었다. 그 이후로도 들어본 적이 없다. 너무 낯설었다. 선배가 그러는 데는 뭔가 꿍꿍이가 있지 않을까. 그렇지 않고서야 면전에 대놓고 저렇게 낯부끄러운 말을 할 사람은 없었다. 나는 처음 맞는 이 상황에서 무슨 말을 할지 몰랐다. "저, 저도 잘, 부탁드립니다"라고만 짧게 답했다.

큰 회사는 역시 다르구나 싶었다. 이 회사에 보탬이 되는 인재가 되어야지, 갓 입사한 나는 정말 그렇게 다짐했다. 그만큼 선배의 악수는 닉 퓨리 국장에게 어벤져스 가입 권유를 받은 것처럼 흥분되고 놀라는 일이었다.

선배는 다시, 또각또각 자리를 옮겼다. 이번엔 내 건너편 선배 앞이었다. 15년차 경력의 베테랑이었다. 회사를 부탁할 만한 관계는 아니었다. 그런데 선배는 나에게 한 것처럼 그에게도 "잘 부탁해요!"라고 말했다. 시종일관 웃는 표정이었다. 그리곤 다시 또각또각, 자리를 옮겼고 어느새 편집국 내 모든 이들과 인사를 하고 있었다. 아, 왜 이렇게 눈치가 없었을까. 선배는 지금 퇴사 전 마지막 인사를 하는 것이었다. 어쩐지 나만 빼고 모두가 슬픈 표정이었다.

연차가 쌓이면서 알게 됐다. 수많은 선배와 후배들이 오고 나가며 깨달았다. 편집국 내 인사는 입사할 때가 아니라, 퇴사할 때 하는 것이었다. '회사를 부탁한다'는 말의 뜻은 미안함이었다. 나는 어쩔 수 없이 떠나지만, 너는 끝까지 버텨라. ㅈ같은 상황에서도 포기하지 않고, 이겨내라, 여기도 나름 괜찮다. 하지만 난 간다. 미안.

회사가 싫었다. 그들이 나갈 수밖에 없게 만든 회사가 싫었다. 열악한 인력, 부족한 월급, 어려운 환경은 그래도 참을 만했다. 그것들은 다른 언론사도 마찬가지일뿐더러, 언론사가 아닌 일반 회사에서도 있는 일이다. 언론사도 일개 회사에 불과하다. 돈을 벌어야 회사가 망하지 않고 운영될 수 있다. 정의, 공정, 상식 같은 언론인의 자세만큼 광고와 영업의 가치가 중요하다. 돈을 벌어오는 부장급 이상이면 언론인, 나머지는 기자라는 우스갯소리도 괜히 나온 게 아니다. 언론사에서 중요한 것은 진실이 아니라 돈이다. 차라리 그렇게 말하는 편이 솔직하다. 진실 추구라는 이상적인 말 말고 돈을 벌기 위해 질 좋은 기사를 쓰겠다는 말이 백번 낫다.

그러나 이것도 선을 지켜야 한다. 기자들에게 영업을 강요하는 것도 모자라, 광고를 위해 특정 기사를 주문하고, 부당한 지시를 거부한다는 이유로, 저 멀리 외딴 곳으로 발령해선 안 된다. 기자를 자신의 직종과도 상관없는 곳으로 인사를 내선 안 된다. 그건 기자로서의 최소한의 대우다.

기자 이전에, 직장인으로서의 최소한의 자존심이다.

이제는 퇴사자를 보며 느낀 아쉬움도 점차 사라지고 있다. 그들을 내쫓는 회사에 대한 미움도 더 들지 않는다. 어차피 나갈 사람은 전부 다 나갔고, 계속해서 나갔다. 사람이 나가도 회사는 절대 바뀌지 않았다. '차라리 모든 이들이 더 나은 직장으로 옮겼으면 좋겠다, 나도 그중 한 명이 되고 싶다, 어서 빨리 나가고 싶다'는 마음만 들었다. 회사에게 변화의 희망을 기대하는 것도 에너지 낭비다. 그러니, 퇴사하는 날이 오거든 나도 선배들처럼 갈고 닦으리라. '회사를 잘 부탁해'라는 멘트와 악수나 연습하련다.

퇴사자들이여,

훗날 신문을 들고 만나자

삼겹살에 소주 한잔하자

신문을 보며 이러쿵저러쿵 평가하진 말자

안줏거리로 삼아 욕하진 말자

아직도 탈출하지 못한 이들에 대한 예의와 존경을 지키자

그저

다들 하나씩 가져온 신문을 바닥에 깔고

그 위에 기쁨의 불판을 올리자

삼겹살을 굽자

살점에 붙은 오돌 뼈를 툭,

뱉어 버리자

그것으로 충분하다

암, 충분하다